U0476360

黑金

何喜东 著

春风文艺出版社
·沈阳·

图书在版编目（CIP）数据

黑金/何喜东著. —沈阳：春风文艺出版社，2023.11
ISBN 978-7-5313-6593-8

Ⅰ.①黑… Ⅱ.①何… Ⅲ.①小说集—中国—当代 Ⅳ.①I247

中国国家版本馆CIP数据核字（2023）第226369号

春风文艺出版社出版发行
沈阳市和平区十一纬路25号　邮编：110003
辽宁新华印务有限公司印刷

责任编辑：平青立	责任校对：陈　杰
封面设计：黄　宇	幅面尺寸：145mm × 210mm
字　　数：148千字	印　　张：7.5
版　　次：2023年11月第1版	印　　次：2023年11月第1次
书　　号：ISBN 978-7-5313-6593-8	
定　　价：48.00元	

版权专有　侵权必究　举报电话：024-23284391
如有质量问题，请拨打电话：024-23284384

从石油沃土采撷的花朵
——序何喜东小说集《黑金》

路小路

在新时代石油石化文学的阵营中，何喜东是最年轻的中国作协会员。浏览文学期刊，经常能见到他的名字，《北京文学》《石油文学》《延河》以及近期的《芳草》《文艺报》等，他的作品频频亮相。这对于青年作家来说无疑是值得庆幸的，这种曝光率立足于作品本身的质量，也得益于他对小说艺术的探索。

小说集《黑金》是何喜东创作成果的展示，作品体察石油行业巨变、寻觅鲜活素材，聚焦当下石油青年的个体之需与集体之要、小我与大我之间的矛盾冲突，展示一线油区鲜为人知的风土民俗、世情百态。通读这部作品，让人仿佛沐浴着石油的芳香，感受石油人火热的生活和丰富的现实人生，在石油大家族中流连忘返。这部作品，是饱蘸石油芳香倾情书写的，作品呈现和渗透着浓郁的石油人的生活气息。

这部作品，是作者热爱石油生活和石油人的情感结晶，是从石油沃土中采撷的文学花朵。何喜东勤奋又有灵气，像深扎在石油沃土中采撷的蜜蜂，书写焕发独特面貌和气质的石油文学。

让我们慢慢地走进《黑金》，欣赏作者给我们呈现的丰富多彩的壮阔石油风景。

作家的语言锤炼，是写好作品的第一课。文学语言首先要干净准确，就像一个人得体干净的着装，而在时下这一点往往被忽视。何喜东的小说语言，生机勃勃，读上去舒适，品起来有味道。"这是我们漫长石油生活的序章。我一直记得那天的山被晚霞包裹着，柔软似油糕，甜腻似黑糖的夕阳余晖，把我们镀成了金色，一如青春的样子（《逃离熔炉》）。"他的语言很少涉及副词、形容词，多见名词和动词，也有陕北方言和"油普"的加入，让人读来会心一笑。事实上，一个有抱负的作家，首先应该在语言上形成特色，才能筑造起小说建筑的美学价值。

其次，写什么和为什么而写，一直是作家的母题。这也涉及石油作家书写石油，如何寻找立足点、探索叙事切口的问题。何喜东在小说叙事中注入大量的个体经验，这与他常年生活在石油一线，将青春年华与抽油机、采气树紧紧焊接在一起，有极大的关系。以《高山下的花环》为例："那天秋风薄凉，加之夕阳昏黄，暴雨将至，蚂蚁们丝毫没有慌乱，它们举着比自己身体重好几倍的东西，在山间穿行。那一刻我突然觉得，山里的生命卑微，却活得庄严，让人心生敬意。"石油人的奉献精神，经过作品中这一创造性的转化，不断充盈。集中阅读《石油一家人》《打个响指吧》《亲爱的妈妈》，不禁想起王安忆推崇的经典小说《石泉城》，不同于理查德笔下的石泉城，何喜东的小说故事坐标在石油城。"石油城不算太大，横竖两条路，和他以前待过的小镇差不多，唯一不同的是油城的一切都和油有关，毕竟这是因油而盛的生活基地，学校、医院、银行、石油影院，一应俱全，如果愿意，完全可以在这里过一辈子吧，安星一个人走神时总是这样想。"（《亲爱的妈妈》）这里所展示的分明是一片世外之地，是作者所追求的小说布景，他试图在这个"围城"里导演一出好戏，展现石油人的精神风貌。石油城也串起了石油人物关系和命运走向，为他提供了丰富的写作资源，他把石油精神融入小说内部，融化在小说叙述中，构成独属于他的文学调子。

生活化的叙述，让何喜东的作品读来有一种天然的亲切感。初次阅读《月光婚纱》，扑面涌动的生活气息让人眼前一亮，这篇小说通过第一人称视角，将石油人的爱情故事写得富有新意，小说开篇写道："秦昕来井场的那个除夕夜，是我过年值班的第六个年头。年夜饭做的是肉臊子烩面片，我边和面，边同她聊天。醒面时，切好肉臊子、萝卜丁、西红柿。热油下锅，香味就蹿出来了。臊子出锅，水烧开了，开始揪面片。水烧开三遍，面熟了捞出来。臊子往锅里一倒，面往锅里一拌，葱花往锅里一撒，色香味俱全。"这股生活化的气味，如果没有真实的生活体验是写不出来的。从创作手法来看，他擅长从现代文学传统中汲取叙事营养，其中最有参照价值的无疑是老一辈石油作家的书写文本，但也不止于此，他的叙事也荡漾着新时代书写的特性，像"东北文艺复兴"作家群的伤痕叙事，感伤与缅怀成为作品的底色。他自如地把那些石油经验转化成小说的叙事语言，而这种语言与小说人物是贴合的，不妨随意摘出一段："在时间咀嚼过的记忆残骸中，能被打捞起来的碎片少之又少，但山里能吹进骨头缝里的老北风，深夜入睡前蹿进耳畔的火车汽笛声，连同这张贴在黄一井铁皮房里的报纸上的身影，像抽油杆一样钻入我的记忆深层，经常在午夜的梦里输送着产能。"(《黄一井》)

这本小说集描绘的都是小人物，为石油文学画廊创造了典型的人物形象。这种预设的自发性，让他的写作遵循了小说创作的经典法则，以人物为中心，创造出独特的"那一个"！比如《黑金》中的陈海峰与妻子夏婧、矿长贺建功等，在故事推进中依次出现，虽笔墨不一，却都生动鲜活。小说以探案寻求真相为线索，将发生在铁角城的反盗油故事讲得张弛有度、跌宕起伏、扣人心弦，也把陈海峰起初申请调离时的坚决态度，到最后案件告破拿到调令时的犹豫不决，写得细微真切。比如《穿肠毒药》中冯晓军的心理状态，可谓绝大多数一线工人的真实样貌，困顿的山中岁月，他每月需要酒精的消遣，好让那副皮囊妥帖安逸。在油矿产量下降、人员分流的迷惘期，冯班长酒后昏迷，留下无尽遗憾。再比如《黑夜迷失》中，沉默寡言的陈小波与风风火火的宋庆阳，给人奇异的对比反差，这样的奇异使小说品质得以提升。

在我的印象中，何喜东是从鲁迅文学院结业后，开始由自发写作转向有意识写作的，即以石油为创作坐标，深挖石油"文学富矿"。何喜东曾向我咨询，踞守在石油领域，写作会不会变得狭隘？我以为，生活高于文学。作家要热爱生活、关注生活、沉浸在生活中，在生活中发现美、感受美，将生活中的闪光点提炼、升华，这样才能创作出时代特色鲜明、生活气息浓郁、无愧于时代和人民的好作品，才会在创作的道路上走得更远。石油战线有着光辉的文学艺术创作传统，有着一大批石油人培养成长起来的石油作家、艺术家，这支队伍是石油文学艺术发展的推动者、贡献者，他们热爱石油工业、奉献石油工业，他们身上流淌着石油精神的血液，铁人精神是新一代写作者进行文学艺术创作的不竭动力。

这样的创作经验同样适用于像何喜东一样年轻的写作者，深入生活、扎根人民，用心用情用功创作，把对石油的热爱融入作品里，把石油人的喜怒哀乐刻画在作品里，带着对人民的深厚感情进行研究、创作，推出更多讴歌党、讴歌新时代、讴歌石油人的优秀作品，在新的征程中走好新的赶考路，讲好中国石油故事，传播好中国央企声音，树立好中国央企形象，推动石油文艺大发展大繁荣，为全面建设社会主义现代化国家、全面推进中华民族伟大复兴贡献石油文化的力量。

我从事石油文学艺术工作四十多年，亲历和见证了石油文学的发展，内心充满了自豪和幸福。我对石油文学有着难以割舍的情感，也盼望着有更多的石油作家艺术家不断成长。何喜东的文学成就，无疑给了我极大的振奋和慰藉，说明石油文学这条奔腾的河流，永远滚滚向前，后继人才辈出。我为何喜东的成就而高兴，为他加油，相信他会在石油文学创作中取得更加辉煌的成就。他的人品和文品告诉我，他有这个实力！

路小路：本名路遥峰，曾用名路遥。现任中国作家协会全国委员会委员，中国红色文化研究会常务理事，国资委中央企业"五个一工程"评审委员会委员，《石油文学》杂志主编。中国石油文联原专职副主席，石油作协常务副主席。曾获第八届冰心文学奖、第七届中国文艺评论奖、中央企业"五个一工程奖"、中华铁人文学奖等，2013年被国家人事和社会保障部、中国文联评为新中国成立以来全国文联系统15名享受劳动模范待遇的先进个人之一。

目　录

打个响指吧 / 001

亲爱的妈妈 / 022

穿肠毒药 / 041

月光婚纱 / 055

逃离熔炉 / 074

高山下的花环 / 089

石油一家人 / 102

黑　金 / 118

黄　一　井 / 145

扶　贫　记 / 163

高塬恋曲 / 181

后记：开采文学的"石油矿藏" / 223

打个响指吧

一

陈枫站在基地大门口时，门口的宝石花、两侧的对联，看上去跟他三年前离开那会儿没有区别。铁打的石油城，流水的石油人，他已经三年没有流经石油这条河道了。早上，蓉城淅淅沥沥的雨水中，三角梅薄如蝉翼的花瓣一簇簇排列满枝丫，而眼下那一树一树顶着粉嫩花蕊的三角梅不见踪影。动车穿过秦岭隧道群，仿佛穿越昏暗悠长的时光。他拿出手机拍照，车窗上映出一张悲伤的脸，他就是带着这一脸的落寞与不甘，穿越了人生的南北线。

前一天，陈枫刚从地铁站出来，那天本来是个大晴天，忽然间电闪雷鸣，他只能匆匆躲进最近的星巴克，浑身还是被浇透了。还没来得及点一杯咖啡，掏出手机便看到了来自妈妈的未接来电和微信留言："枫，你爷爷昨晚11点50分走了！"他忽然一阵眩晕，烂泥一样瘫在椅子上。有那么一瞬间，咖啡店的那些噪声将他隔离在另一个世界里，他感觉有人打了个响指，啪——某根弦断了！

那是研究生毕业的第一年，他常常幻想着以后有个属于自己的工作室，再幸运一点儿，遇到一个志趣相投的女孩，那命运的线头就算是被他牵稳在手心了。他没有学霸的气质，没想着考博，没争着留校。第一份工作是在一家创联传媒公司落定的，每月到手的工资小七千块。初入社会找工作的顺畅，让他走在路上都经常报人以微笑。被公司录取的那天，他给妈妈打电话报喜，惊得路边的美女惊鸿一瞥。可惜好景不长，传媒机构的关门大潮将他也席卷其中，最明显的是薪酬缩水。辞职后，他给几家民办大学投送简历，皆石沉大海。据说那里的讲师几乎是清一色的博士，剩下的是有着更璀璨履历的海归，像他这种创意写作专业毕业的硕士，根本不值一提。这个结论让妈妈晒在家庭群里看似闪着金光的学历证书黯然失色，他的自信心也遭到多重火力摧毁。他曾以为这世界就是石油城的样子，直到走出象牙塔一样的石油基地，才体会到生活远不止围城里的简单和安逸。高中毕业，他考入了西南大学。第一次离开家，来到了闻名遐迩的火锅之城，慢慢地才有了对这个世界完整的印象。外面的世界真是太大了，学校里有生活优越的富家公子，有金发碧眼的留学生。大学生活让他适应了重庆的节奏，喜欢上了笼罩在大街小巷的麻辣味，选择留在那座城市，还有一个不便言说的理由：他想看看石油娃的命运有没有别种可能，一种接近自由的可能。眼下的境遇，让他觉得生活中的一切，命运真的自有安排。

陈枫站到树底下，发现门口站着的保安正在盯着他。去求学之前，进出小区门都是一路畅通，眼前的这个年轻人异常认真："请刷卡！"

"我回个家，刷什么卡！"陈枫指了指近在眼前的那栋房子。

"进门要刷卡，这是规定。"年轻人又补了句，"要不先登记，打电话叫里面的人接！"

嘘——陈枫吐了一口气。他可以给家里打电话，但心里憋着一股气，他不愿磨嘴皮子，害怕遇到熟人，知道他在外面混不下去，又滚回石油大院了。是的，他抱着远大理想，刚探出脑袋看到了外面的世界，却像推着石头上山的猴子，一转眼石头滚落山脚。他重新坠入了油城，活成了一个笑话。那还费劲地蹦跶啥？用这里人常说的话，哪儿凉快哪儿歇着去，别跟着疯子扬土了。

陈枫拉着行李箱刚转身，有人表情夸张地走到他面前，吆喝起来："这是谁啊！"

过了半天，他才认出颧骨突出、满脸黝黑的人是儿时的伙伴。印象里，这位伙伴两次到重庆约他见面，他都没去。此刻突然见面，还是有些尴尬。

003

"陈旭啊,你还好吧?"

"混着啦,哪像你,在大城市打拼。"陈旭刷了门卡带他一同进去。年轻的保安用亮晶晶的目光盯着他,惹得陈枫苦笑一番。年轻人当然不可能知道面前这个拉着行李箱、穿着休闲装的青年,曾经在这里度过了十几年的时光。

"这次回来待几天啊?"陈旭拍拍他的肩膀,"改天聚聚?"

"再说吧!"

"你爷爷的事很突然,你节哀啊。"

这种消息的传播速度类似将墨水滴进一杯水里。他俩又草草扯了几句闲话,便分开了。

殡仪馆里,虽然化妆师掩饰掉许多东西,但仍盖不住爷爷面部的细纹及深陷下去的眼袋。他跪在地上,觉得眼前这一切真像个梦,但止不住的泪水告诉他这确实是真的。妈妈劝他接受这个事实,说这一天总会到来。如果忽略了她红肿的双眼,他几乎都快要被说服了。看着家里人来人往,他忽然意识到再也不会有一双枯瘦的手抚过他的头发了,更没有那个佝偻的人站在窗前眺望了。他最后握了握爷爷那双冰凉的手,那双温暖了他整个童年的手。

前些年里,爷爷像抽屉里那只棕色铁皮小跳蛙,上紧了发条就会一个劲儿地蹦跶。他的一生的确也一直在蹦,从军队到油矿,从一线到机关,陈枫以为他会一直这么蹦下去,却没料到爷爷会忽然寿终正寝,成了那只动弹不了的铁皮跳蛙。爷爷常说那首歌里,"头顶天山鹅毛雪"指的是克拉玛依油田,"昆仑山下送晚霞"是柴达木油田,"茫茫草原立井架"是大庆油田,"云雾深处把井打"是四川油田,这些地方都有他的足迹。当年几万名转业军人和抽调的石油工人拉着架子车,背着行李卷,三块石头支口锅,熬些稀粥啃干馍建起了这个油矿。爷爷奶奶在这里干到了退休,后来的爸妈、大伯、堂哥堂弟,都成了这个企业的人。他们对油矿充满着感情,都能说上几段激情燃烧的往事。退休的爷爷也闲不住,家里堆积起来的空瓶子、纸壳子、旧书籍,都是他的战利品,一星期下来有一二十元的进账。有年大学放寒假,陈枫提早一天打电话告知行程。下车后,远远看见爷爷坐在基地大门口的石磙上,牵着小铃铛东张西望。他赶紧上前喊:"为啥不待在家里,冻感冒了咋办?"爷爷咧着嘴说一直在等孙子。那天爷爷提着兜直奔商场,买了陈枫爱吃的腊汁肉夹馍、岐山擀面皮、贾三灌汤包、粉蒸肉、柿子饼、桂花糕。回去的路上,见到熟人就打声招呼。爷爷乐呵呵地走着,铃铛跟在他身后,夕阳把一老一小的背影镀上一层金色。

如今的遗憾之意难平,他宁愿相信爷爷只是跳出了时间,变成宇宙里最原始的组成部分,变成分子原子,重新构建他身边的其他事物。从殡仪馆回来后,妈妈拉着他的手,反复说爷爷的遗言:"让枫回来吧,堂兄弟在一起,相互也有个照应!"遗言的劝慰,好似都有种不得不遵从的悲壮色彩,但这对他来说确实是有些残忍。

二

石油城里,他们打小就听过这么一句话:献了青春献终身,献了终身献子孙。石油人的血液里有着强烈的奉献精神,陈枫现在就是被献出来的第三代。

他回来不到一个月,就赶上油矿招工,妈妈说这是几年都赶不上一次的好运。人的运气就像敲鼓,敲不敲得上点全靠自己,这个念头在不久前那个失眠的夜晚冒出来后,便塞满了他的脑袋,像一夜间开满池塘的荷花。他不想被大伯、堂哥的溺爱束缚,因此拒绝来油矿上班。但对他这样一个待业青年来说,不上班绝对是不现实的。想起在几年前,有人上技校、有人当兵,他对这些不屑一顾,因此就有了完全不同的境遇。妈妈说陈旭复员后,招工进了油矿,现在已经是一个厂的人事科副职了。他受到重创的心,又被轰炸了一次,颓丧之感绵延不绝。这样的青春该怎么算,当年早早招工上班的人,有了历练有了职位,而他转了一大圈,又回到了起始的位置,穿上了和父辈一样的工服。

再看熟悉的石油城,陈枫心里就显得五味杂陈。这个基地位于城市的郊区,是二十世纪八十年代因油而建的石油重镇。但这里的石油却跟所有人开了个玩笑,上万人开采了十多年也没有把产量搞上去。直到二十多年后,采油技术攻下了地下的磨刀石①,一夜之间那些看不见摸不着的石油像被施了魔法,重新被压出地面,成了爷爷欢快的动力。以前的基地只有一条独街,闭着眼睛也能从东走到西,现在住着几万人,俨然一个微缩的小社会。早上,小区里住在后排的孩子,从后往前依次叫小伙伴上学,大家一路嬉笑打闹着往学校走去,和他小时候一模一样。去学校的路上,要经过一条小河,夏天他们在里面游泳,冬天溜冰滑雪。河水清澈,河底是平整的鹅卵石,浅的地方刚没过脚面,夏天河水流过脚面,酥酥痒痒。冬天那些山缝里流出的水会结成冰凌,整个河面上大孩子小孩子的笑声异常热闹。他闭上眼睛,河边的嬉笑声、捉迷藏的倒数声,像黑胶唱片一样,只要回忆的唱针搭上去,就有久违的熟悉感飘起来。

出发上班前,陈枫简单收拾了两套衣服,把桌上的几本书也一股脑儿扫进行李箱。走到楼下,才想起铃铛,又上楼抱起还在门口汪汪叫的吉娃娃。这个小心肝是爷爷生前的最爱,两个月下来已经和陈枫黏糊得分不开。他搂着铃铛上了油矿,这也是别无选择的现实。在油田上有很多这样的家

---

① 地下的磨刀石:指像磨刀石般坚硬致密的油气储层。

庭，爸爸在山里上班，妈妈在另一片沙漠工作，现在他也上班了，一家三口分居三地，家里的宠物都得跟着走，房子就是一座空巢。

上车后，他把头歪向窗外，妈妈朝他挥挥手，脸上挂着笑意，眼眶里却蓄着泪水。他冲妈妈挥挥手，做了个打电话的动作，便用耳机把自己隔绝在这个世界之外。那辆大巴车上了高速后火箭一样向着油区奔去，但对于去的那个地方，他真的一无所知。这么多年，父母一直跟着单位的部署在迁徙。他还能想起来妈妈讲的三块石头支口锅的故事：石油大会战的队伍到达庆阳董家滩，在朱家河畔的荒地上搭起了一溜帐篷，帐篷搭好后，战士们就在食堂外面用三块石头支了一口锅生火做饭。其他队伍纷纷效仿他们的做法，陕甘宁会战的帐篷一顶连着一顶，一片接着一片。提起那段创业史，她总会说："晚上睡在干打垒房子里，被子盖到身上。大家衣服都不敢脱，早晨起来探出头，被子上全是白霜。"家里的长辈在油矿安稳了一辈子，他们自我感觉良好，总拿自己的一生当活教材，说这是个有着悠久历史的油矿，这里是无数人的梦想，是无数人的归途。陈枫却不想把自己的青春交付给未知的荒凉。

车越走越慢，山越走越大。他拉开客车的窗帘，看到一棵一棵的砍头柳在沟里挺立着。车子转过山头时，山边的落日大如风火轮。他一动不动地靠着车窗玻璃，目送着夕阳一点点坠入山背面，才发觉脸上流下两行清清的泪。

三

看陈枫用脚开门的方式，陈旭心里就明白了八九分，他放下手里拿着的档案，挤出一丝笑容，想说句客套话，陈枫却没给他机会，抱着一只小不点一屁股坐在了沙发上。

"怎么，来上班有情绪？"陈旭倒了一杯水递过去。

"我有什么情绪。现在是来找你，拉我一把啊！"陈枫看那几张A4纸上，写满了他的前半生，现在看却像一个笑话。

"你有空了和发小们打个电话，交流一下。"

"没啥交流的吧。"

"你学习好，咋就是个死脑筋。"陈旭笑着说，"咱们这些油矿的娃，哪个不是信誓旦旦地喊，长大不回油矿了，以后自己去找工作！我理解你的心情。"

"我一个Loser，也不怕人笑话了！"

"你啊你，也算是咱们院子走出去的高才生，"陈旭抬抬眼皮，把手里的红笔丢在桌上，"去页岩油吧，去了你就知道了，那是现在最有前景的地方。"

我是个研究生，准确地说是他们学校中文系第一届创意写作专业毕业的硕士研究生，这也不能捞着一个办公室小职员的位置吗？陈枫暗地里想了想，话到嘴边又含住了，痛骂自己都到这地步了还较什么劲。在很长的时间里，他搞不清自己为什么希望走出石油围城，希望到了奢望的程度。直到从重庆回来时，他才突然意识到，自己就像一个卫星，石油城是一个巨大的母体，他们都是绕着这个母体飞行的卫星，他是属于逃逸的那一颗。

"我压根儿就不想来！"

"既然回来了，就安心上班吧。"陈旭说得一脸认真。

出门前，陈旭说："我还是陪你走一趟吧。"黄土弥漫的搓板路，汽车似装了振动筛一般行进，半晌午才来到采油平台，几个人已经等在门前。陈枫四下望了望，身体不由自主地软了一下。这座高高的山尖上，蹲着一圈铁皮房，十多口抽油机朝他点头致意。

"欢迎啊，欢迎陈科长指导工作。"眼前的人跟陈旭打完招呼，又过来跟陈枫握手，"你好啊，我正愁没人写材料呢！"

眼前的王勇说着一口不太标准的普通话，再加上像得了重感冒一样的鼻音，让交流变得有些艰难。虽说初来乍到，但陈枫心里已经结冰，表现在脸上，也就没有什么表情，对眼前的这位队长也就少了些敬意。

"这话说的。"陈旭笑道，"陈枫是中文系的硕士，咱们大伙绑到一起，也写不过他！"

王勇推了推鼻梁上的眼镜，拉长了语调说："这只狗好乖啊!"

"是吧!"他随口应了一声,把地上呜呜叫的铃铛抱在了怀里。

"给大家介绍一下?"王勇看了陈枫一眼。

"算了,没啥说的。"陈枫犹豫了一下说。

"不亮个相,大家怎么认识你呢?"王勇捶了捶腰,把陈枫拽到大家前面,"请咱们新来的研究生,讲个话!"

他飞快地扫视了一番,大家的皮肤普遍都黑里透着红,这让他想起基地保安看他时的那种眼神。是的,他那会儿似乎意识到,他和这里的人还有些不一样,除了皮肤还没有经过风沙的洗礼外,身上的气场和这里的人也大有不同。

"大家好。"他听见自己的声音小得可怜,"我是新来的,我呢,多跟大家学习吧!"说完,他伸手挠了挠头。

不知过了多久,王勇才说:"好,今晚吃饺子啊,给你接风!"

四

吃晚饭前,王勇拿出胰岛素针,撩起衬衣给胖肚子来了一针。他说这几年全靠打胰岛素来维持血糖。陈枫的身体怔住了,手一哆嗦,夹起的饺子在桌子上骨碌碌翻滚着身子。王勇看见了说:"不要见怪啊,习惯了就好了。"

王勇壮实的身体、黝黑的皮肤让三十七岁的他看上去比实际老了很多。只是他那双眼睛锐利，像鹰眼。陈枫也觉得有些唐突，便岔开了话题问道："为什么要吃饺子？"

"这是油矿不成文的规定，我上班时师傅也是这么干的。"王勇又端来一大盘饺子，"第一顿饺子，叫见面饺子。下山的饺子，叫滚蛋饺子！"

这顿饺子，吃一半留一半，留下的一半冻在餐厅的冰箱里，等下山时吃。所谓的餐厅，其实就是一间房子。里面是操作间，外面摆了一张圆桌，几把凳子。墙上还挂着几幅照片，有一架抽油机，一座采油小站，还有一张大伙一起打球的合照。"比刚上来那会儿条件好太多了，从两口井到现在日产千吨，想起来都跟做梦似的。"王勇说话时的神情透着一股愉悦。这个平台上有八个人，等天黑扎实了，三个巡线的人才冲进餐厅。陈枫悄悄打量，他们头发上沾着土，衣服上沾着油点子，指甲缝里也是油，但看到陈枫时，都憨憨地笑着报以热烈的掌声。

"这里为啥叫页岩油啊？"

"正想给你说呢！我第一次听到页岩，也很诧异。天下还有这样的岩石，就像书页一样的岩体。"王勇边说着，边接听电话。

这里地下的岩石致密坚硬，形似花岗岩，被业界称作磨刀石。这儿的地下，看不见的井网密密麻麻，像一个多层

"地下城"。传统的直井受限，这里打的是水平井，给钻头装上导航系统，让钻头可以平着走，在地下几千米岩层里自由穿行。这是他在院子橱窗里看到的。当年瓦特发明的蒸汽机开启了世界工业革命的纪元，爱迪生发明的电灯把人类从黑夜带到了白昼，这次的技术就是打开油气宝藏的一把金钥匙，让一个新油区呈现在西北能源的版图上。那个橱窗宣传栏，照片印了一大堆，文字里面的"向劳模学习、向先进致敬"的"致"字，还给打成了"至"。在传媒公司，不说别的，光是错别字就是件大事，谁要在文案中出现错别字，会被扣一个星期的绩效。这样锻炼下来，他的文案水平就给拔高了不少。结果没过几天，王勇就找到他说："把橱窗重新做一下。"他一直不想把这活接在手里，可现在却也甩不出手。他把原来的文案和图片重新提炼排版了一番，队长就夸他有才，让宣传栏大变样了。但这又有什么意义呢？

采油平台距山下的小镇五十公里，距离似乎不远，但这里全是荒山，一进来就等于跟油城基地断绝了关系，似乎和外面那个世界的关联也不大了。他们几个男人得鼻子碰鼻子、眼睛对眼睛待上两个月，才能被另一组搭班的人换下去休息。刚到平台时，他也奢望过能调整到基地去，后来就不敢想了。想是一种煎熬和折磨，在这无休止的时间里，黑夜辗转着白天，像咬着的齿轮一样在循环。他站在平台，仰望那些比拳头还大的星星，想石油人这辈子图个啥呢？在这种兔子不拉屎的地方，不是沙漠戈壁就是黄土高坡，石油工人搁二十年前还能换来一个崇拜的眼神，现在啥都没有。

工作每天从两级晨会开始。开会也是在铁皮房里，狭窄拥挤的房间内刚好能容纳一套办公桌椅和一张交错摆放的单人床。接下来是马不停蹄的巡井，王勇看那些油井都像看自己的娃儿，个个都是高产，稀罕得很，每天不派人到现场查看一下，实在放心不下。跟着队长去巡井，不知路上多久没滴过雨，一脚踩下去土会淹没鞋面。皮卡车喝醉了一样，一会儿弹到半空，一会儿砸在地上，里面的人就像一团爆米花，甩到左边，滚到右边。这还不是最恐怖的，每天坐车的眩晕呕吐，让人痛不欲生，但在遮天蔽日的尘土中，吐完最后一口酸水，陈枫还得在油井旁擦拭配电箱、抄录数据、投球，再坐着皮卡车，被崩一次爆米花，赶到另一座山头的油井上。他们早上八九点出发，晚上六七点回来，才听得见铃铛亲切的叫声。

除了巡井，他基本都躲在房间里，哪儿也不去，躺在床上看电影，打手游，或者刷小视频。他的皮肤开始变得干燥，像敷着一层"黄土面膜"。以前只有上班坐地铁的空当才能获得消遣，现在有大把的时间可以用来糟蹋。大拇指在屏幕上滑动，手机套餐一个月的流量不到十天就用光了。上大学后，他还是头一回感到这样无所事事，有时候他想：待在这里，和井场的那些采油机又有啥差别呢？

五

元旦那次聚餐,在人们的回忆中,多少有些荒诞。那天的前半场都挺正常,一桌菜不多时便被一扫而空,特别是那碟腊肠味道好极了,遗憾的是没有酒助兴。那段时间单位下了几道禁酒令,酒成了一条他们不敢触碰的红线。王勇举着饮料一个个招呼大家,敬完老伙计,敬陈枫时把他的表现评价了一番。

陈枫穿着厚厚的棉工服,眯着眼睛看着眼前的一桌菜。有那么一瞬间,王勇感觉好像哪里不对劲,可又说不出来。在闹哄哄的气氛中,王勇再没细想,往一次性杯子里加了些饮料说:"我再敬一下你吧。"

"不是敬过了吗?"陈枫正夹起一片腊肠说。

"你刚来不太适应,以后就好了。"

"这鸟不拉屎的地方,待了快三个月了!"

王勇刚准备说话,一股熟悉的酒味突然钻进他鼻孔,他抽抽鼻子,"哪儿来的酒味?"

看到陈枫从桌底提溜起一个白瓷酒瓶,王勇沉下脸说:"禁酒令你不知道啊?"

"我知道。"陈枫苦着脸说,"我三个月都没下山了,都快一百天了!"

"别闹了啊。"王勇伸手要拿陈枫手里的酒瓶子。

陈枫拿起酒瓶:"我闻闻味儿,不背处分吧?"

话音未落,陈枫倒出三杯酒,一杯一杯洒在地上,接着用坚硬的劳保鞋踏过满地流淌的酒液,向门外走去,地上留下了一串泥印。

山上待久了,都有这样那样的毛病,但总的来说还是隐忍的,这是石油人内敛的性格所致。可王勇现在发现,他对眼前的这个毛头小子一无所知。餐厅的气氛沉闷,有人说:"陈枫的爷爷,去世得有一百天了吧!"王勇才忽然想起那种感觉,陈枫眼里一直含着泪水。他觉得有必要和小伙子谈谈,为了显示诚意,他还带了自己的茶叶,结果推开宿舍门,里面鬼影子都没有。前后找了一圈,都没见到人。他拨通了陈枫的手机号,打了几次都无人接听。

"妈,先替我给爷爷上炷香,我能赶回来,再给爷爷磕头。也祝你元旦快乐!"摁下发送键,陈枫把手机揣进口袋,挎上自己的小皮包,阔步走出了宿舍。天阴得很重,黑乎乎地扣在头上,仿佛一顶厚重的大帽子。陈枫收回目光,看见雪粒子从空中蹿下来,砸在地面上,发出叭叭声。顺着门口弯弯曲曲的山路望去,没有一辆车的踪影。他心想,只要走到公路上拦一辆车,就能回油城基地,就是被开除也不回来,大不了再去传媒公司,活人不能让尿憋死。心一横,他就在双腿上发狠,脚下就更有劲儿,感觉都生风了。

手机传来铃声，是妈妈发来的微信：放心吧，给爷爷上香了。天冷了，穿暖和，别冻着。另，咱楼上的阿姨给你介绍了个对象，你慎重考虑一下。陈枫嘴角浮起了几道笑纹，收起了手机，他不打算接队长的电话，也不想给母亲回微信了。妈妈的生活就是这样，他在哪儿，她的重心就在哪儿。早先是操心陈枫的冷暖饥饱，后来就操心考大学、找工作。现在上班了，妈妈每日叮嘱他注意安全，还关注了所有他工作单位的官方新媒体，掌握他的第一手信息，最近还操心起他的婚事，但采油工找一个女友又谈何容易呢？愈来愈急的刀子风把他从思绪中唤回。雪下得越来越稠，风裹着雪片朝他的脖子里钻。山里的天，说黑就黑，跟墨色一样。这样的夜，世界只剩一个人，高歌一曲都会消逝得悄无声息。他陡然生出了几分胆怯，但没有收住脚步。一出平台，陈枫就发誓，坚决不回头，一回头就犯了路线错误，爷爷常说路线主义错误犯不得。他给自己打气，不就是五十公里山路嘛！他每天满山巡井，哪一天不跑几公里？不知道自己走了多久，雪把路抹平了，他只是近乎机械地走着。恍惚中，看到山上有抽油机，还看见了爷爷在抽油机旁，朝他挥手呢。在这冰天雪地的夜晚，他想把藏在心里的话说给爷爷听，便使劲儿喊出了声：

　　"爷爷，这里太苦了！"

　　"我不想干！"

"我想你!"

"你听到了吗?"

他还想喊,可是一股风雪硬生生地把他的话堵了回去。他真的累了,真想坐下来歇一歇。但他不敢停下来,一旦停下来就会被冻僵的。不知不觉,他好像听到了一种奇异的声响:梆梆!他竖起耳朵,静静听了一会儿,那梆梆的声音来自左边的脸上。起初,雪落在他的脸颊上,就化了。慢慢地,脸颊和雪粒子冻在一起,成了一个壳,梆梆声就是雪粒敲冰的声音。陈枫瘫坐在雪地上,心想真是遇到鬼了,这么点路,咋老走不完呢?

忽然,远处有一束强光手电,隐隐约约还有熟悉的狗叫声传来。陈枫朝手电的方向扬起了胳膊,他想喊一声,却软软地倒下了。王勇赶上来说:"你啊你,差点把命丢在这儿!"

"队长,你咋知道我跑这儿了?"

"你们这些新来的,一撅屁股,我就知道要放啥屁。"

"看你说话这口气,你以前也跑过?"

王勇笑了两声,在黑暗中打了个响指,用手电给他照亮了脚下的路。回去的路上,王勇讲起他的女儿十一岁,打小就由姥姥带着。为了能多陪陪女儿,他们夫妻二人总是分开倒班。在上班前一晚,他越是着急哄孩子睡着,孩子把他的脖子搂得越紧,即使睡着了,睡梦里都在哭。每次走啊,都好比拿刀子把心给剜了。长期陪不上老人孩子,他们有了一个别称叫候鸟家庭,这种迁徙的生活就成了油矿人生命的一部分。

"石油娃,其实都恓惶得很!"陈枫能感受到那种撕心裂肺,石油人的内在磁场总是相通的。

"是啊,孩子大一些是好了,也不哭了,却一个字都不多说了,眼神冷冷的。"

"你媳妇呢,也在山里上班?"

"跟咱一样,也在山上。有一年孩子给妈妈写信,说她不吃肯德基,也不要洋娃娃了,晚上她一个人睡觉害怕,小朋友们都笑话她没爸没妈。娃用歪歪扭扭的字体,写在一张从作业本撕下来的纸上,肯德基的'德'字不会写,还是用拼音代替的!"

陈枫听得龇开了牙根子,心里像铃铛的爪子挠着,他感觉恐惧,像有无边无尽的黑暗正向自己笼罩而来。

六

山里的土路一碰上大雪,拉油的罐车便动弹不了,全陷在了路上。他们开着皮卡,把五十千克包装的工业盐一袋一袋撒在已经踩得坚硬的雪路上,让罐车顺利通行。陈枫从天亮干到天黑,又从天黑干到天亮。他坐在路边的雪地里,身体的疲惫令他沮丧。搬完最后那一袋子盐,吃方便面时他连筷子都握不住。

自那次累倒后,王勇的糖尿病加重了,小腿的血管像蚯蚓一样凸起。陈枫急了,喊起来:"哥,你向上面反映,调回去吧!"

"咋开口啊?谁没有个困难。"

"再拖下去,你就废了。孩子还那么小,以后咋办啊?"

"再说吧!我看这天还要落雪,你这几天把井都巡一遍吧。"

漫长的石油冬季,平日里连铃铛都躲进房子里不愿出去。陈枫扛着大管钳,走在巡井的路上。那场大雪飘了半个月,他在冰天雪地里给发小打遍了电话,还央求爸妈托关系,也用上了爷爷的一些旧交情,换来一个调动的名额。

走在巡井的路上,陈枫感觉脚步轻快,像走在小溪旁的小路上。其实山里是没有路的,井与井之间也没有路,那些路是他用双脚踩出来的。别人叫他小陈时,他想着爷爷年轻时,是否也和他一样,穿上红工服在山间巡井。他一个人在路上,念了一首喜欢的诗:

打个响指吧,他说/我们打个共鸣的响指/遥远的事物将被震碎。面前的人们此时尚不知情

吹个口哨吧,我说/你来吹个斜斜的口哨/像一块铁然后是一枚针/磁极的弧线拂过绿玻璃

陈旭带着车从雪窝子里拱出来时，雪还没有完全融化。来到了采油平台，他看到陈枫脸上少了几许娇嫩，眼睛里的目光平静了，好像秋天的瓜果，成熟了一些。那天铃铛破天荒地没有叫，而是依偎在陈枫脚下。他们原本打算让铃铛也下山去，结果刚把它抱到车上，铃铛就跳下来，那张温顺的脸狰狞得比狼还凶。

趁着王勇下山前的工夫，陈枫赶紧到餐厅烧水煮饺子，那会儿他脑子里想了句词："滴水之恩，当涌泉相报。"想是这么想，等把滚烫的两盘饺子端上桌，他却犹豫了，便笑着对王勇说："快吃吧，这是滚蛋饺子，吃了就能回去了。"

王勇夹起来一个饺子，眼圈红了。

陈枫把两个行李箱放在后排车座，接过一个新的旅行包。新分到平台的人，是个干干净净、说话爱笑的男孩子，陈枫说："奇怪，我好像在哪儿见过你？"

男孩也复述他的话："是啊，我好像也在哪儿见过你！"

陈枫也没细想，就招呼车子返程了。车子离开时，他对着小车本能地伸出手，似乎想拦住什么，但抬起的胳膊什么也没拦住，还被车轮抛起的尘土呛了一鼻子灰。一直看着车子越过山头，他才对男孩说："走吧，吃饺子！"

"见面饺子！是吧？"年轻人说着打了个响指，笑声在平台上荡漾开来。

亲爱的妈妈

一

安星打开车窗,隔着车玻璃的风呼啦一下倒灌进来,像一块冰敷在脸上。他不情愿地关上了车窗,眼睛却关不上,急切地往外张望。外面偶尔闪过的人,穿着红色棉工装,黑色工鞋,这种统一的装束在雪地里异常醒目。山里的雪纵横交错,远看像大写意,勾勒出山的纹理。眼下,这张大写意图上,架满了一个个红色机器。这些像外星产物一样的铁家伙,有两根连杆,左边一根,右边一根,间隔几秒就磕到地上,再被拉起来,又磕下去。

"这,是磕头机?"安星还是第一次亲眼见到采油机,石油基地的外墙上也画着这种设备,底下还刷着标语,小伙伴们都叫它磕头机。

"你看,它们的动作像不像在磕头?"李博从倒车镜里望了一眼,"地下的油,就是这样抽出来的。"

"那抽出来的油去哪儿了?"

"二杆子,别看这地上光秃秃的,地下都是输油管呢!"

油矿的人都喜欢说话时加个"二杆子",他们管这叫话把子,让说出去的话听上去同斧头的手把一样能砍出气势。而且油城里,聚集着来自五湖四海操着各色地域口音的人,彼此融合成语言大熔炉,就有了独特的油矿普通话。小学老师经常告诫他们少说"油普",这样的话听上去像土枪里打出洋子弹。

车子越往山上走路越颠簸,路上的泥土被轮胎甩起来,沾满了车窗。车猛地晃了一下,"嘎"地停了下来。"又堵路了!"李博朝外面指了指,"你给老爹带礼物了吗?"

"礼物?什么礼物?"安星看到山路上的车首尾相连,一辆接一辆堵在路中间。

李博把车熄灭说:"一看就知道没准备。不过也没事,你上山了,我师傅肯定高兴!"

李博是爸爸的徒弟,这次偷偷搭乘他的便车到爸爸工作的地方,是为了实现一个心愿。外面风刮得大,吹得车厢呜呜响。这风和他一样,也是跑了很远的路才到达这里的吧,安星在车里想。

来到单井上,眼前的一座井架像巨人矗立着,井架旁竖着一块牌子,上边刻着一行红色大字标语。李博看到安星拉开车门下了车,急忙喊起来:"二杆子娃,干啥去呢?"

安星喊了句"上厕所",头也没回地走了。外面的空气清冷,风不是擦过身体而是扎进肉里,他哆嗦着往路边跑,像羊儿钻进沙棘丛中,李博的喊声也落在身后越来越远。来到山里,他的脚步欢快,像安塞腰鼓敲出的鼓点。眼前的三间白色野营房,坐落在山的褶皱中间,前后都是光秃秃的。这房子就像被咣当一下扔在山里,没有任何现代文明迹象。在他的印象里,爸爸一年到头几乎都在这座山上。他们管山里采油的地方叫单井,这里的人每两个月换次班。自从上次离开,爸爸快半年没换过班了。每次算着日子,轮到爸爸倒休时,他会打来电话说有突发情况,还得再忙一阵子。就这样,归期遥遥无期。其实身边很多同学都是这样,一年见不着父母几次。在孩子眼里,父母很多时候只是一个代名词,遥远而陌生。

在单井不远处的崖畔下面躺着几个人,他们的衣服不是红色,而是黑色的。安星没想到这么冷的天,有人竟然躺在地上裹着毛毡睡觉。他好奇地问跟着跑过来的李博:"这些叔叔睡地上,不冷吗?"

地上的人看清说话的小孩套着一身校服,一顶棉帽子压得小鼻梁更加小了,笑着说:"李博,你上班把谁家的孩子带来了?"

说着话,一个正在搬油管的人过来看到安星,先是一愣,随即喊:"星星!"

眼前的人咧着嘴擦汗时，黢黑的脸上露出一口大白牙，帆布手套上沾着厚厚的油垢，笨重的劳保鞋裹满黄泥，他的衣服像个黑壳壳，又硬又黏，正往下滴油。听到声音，安星才觉得有些耳熟，仔细辨认了一下，疑惑地喊："爸爸？"

地上的人都醒了，轰地笑了："安工，这是你娃啊？"

安鹏可没心情笑，板起脸来说："你怎么这时候跑上来？"

"看你这个二杆子，娃放假了，来看看你，别把娃吓着了。"李博喊起来。

安鹏拿了套工作服，是红领巾一样的颜色，给儿子套到身上。衣服穿上后，袖子像水袖，但看上去却像那么回事了，最关键的是，也和这里的环境融为一体。爸爸又给他戴了顶白色安全帽，但那个帽子又硬又重，对他的小脑袋来说太大了，像顶了个大脸盆，爸爸把带子紧紧系在他的下巴底下，才稳当了一些。

这时，地上的一个对讲机传出一阵吱吱啦啦的响声，周围的人立马警觉地站了起来。安鹏让儿子先回到车里，转身快步向井口走去。安星看到那个井架下面吊起的一根油杆，浸满了黑色的油。油花浓腻，风吹过来带着一股子呛人的气味。黑色原油，顺着胳膊流入了工人脖颈，灌进了脊背。他终于知道，爸爸为什么全身乌黑地出现在他面前了。

此刻，对讲机里又传出声音，"快！刺……刺漏了！"

"别慌，按顺序上井！"此时的安鹏俨然是修井的指挥员。

"爸，啥是刺漏？"安星觉得眼前的情景像电影剧情。

"你现在还不懂。这里危险，快下去！"

安星看到爸爸虎着脸催促他赶紧离开，才意识到这事可能挺严重。

来到井口，安鹏发现工人紧固盘根时，井筒压力将盘根刺破了。意外发生得太突然，井口的火轰地喷了起来。他对着胸前的对讲机大吼道："危险，大家后退！"

大伙心里明白，此刻得赶紧关闭封井器，不然后果不敢想。他们没有退缩，戴上防毒面具，冲进暴雨般的油柱子下，原油瞬间灌满了衣服。

火苗好像小了一些，可是又不死心地燃烧起来。大家的心都快要跳出来了，安鹏的防毒面具发出的噗啾、噗啾声，越来越快。他们咬紧牙关，一齐喊着低沉的号子握住闸门，好像握着自己的命运，足足忙了半个多小时，才将喷涌的原油制伏。

"抢险，成功了！"安鹏喊出这句话时，脖子上青筋凸起。

二

风是山里的常驻民，性格火暴。天色慢慢暗了下来，风很快填补了山里黑暗的缝隙。变成油人的安鹏，用了一袋洗衣粉，一瓶洗洁精，外加两条毛巾，洗了两桶水，也没有让皮肤恢复原貌。安星饿得肚子不停抗议,和爸爸来到井场对面的小饭店。说是饭店,也就几间彩钢房,店面门牌都是简单的绿底白字。父子俩一边搓着耳垂,一边咝咝吸着气,一路搜索过去,进了一家陕西面馆。那家店里摆着三排桌子,本就拥挤,他们进去后便挤得满满当当。安鹏对着店老板喊了句"油泼面,两碗",就开始剥蒜。

大瓷碗盛着两碗面被端了上来,上边撒着香菜、葱花,油红的辣子淌来淌去。安鹏猛吸了一口面,就着一瓣蒜,吃得脑门儿锃亮。听着爸爸吸溜面条的声音,安星也忍不住吃了一口。又辣又筋道的裤带面,让人忍不住连吞带嚼,呼噜噜吃得一头汗。"一天不吃一顿面,就感觉没吃饭啊。"安鹏吃到只剩几片青菜在碗底躺着,挺起腰时,才发觉肚子胀得腿都迈不开了。

回到井队的彩钢房里,床板又冷又硬。风声徘徊在耳畔,身上乏得很,父子俩却怎么也睡不着。他们坐在架子床上,把枕头当靠枕,靠墙躺着。一片锈迹斑斑的白漆"吧嗒"一声落下来,两个人抬头看了看,原来是老化的铁皮房的油漆鼓了包,选了这样一个时刻剥下来。

"这里的活儿苦不苦啊?"安星问出了自己的疑惑。

"说苦也没那么苦,人人都嫌这活儿苦,就没人来干了。"爸爸笑着说,"那年下暴雨,我们三个人巡管线、堵暗洞。看见管线悬空,也顾不上数百米的深沟,在腰上绑一根安全带，爬上去用钢丝加固。一干就是半个月，脚被雨鞋磨破了，袜子和皮肉粘连在一起，脱都脱不下来。"

夜色茫茫，安星看到爸爸脚面上的那枚"勋章"，好像在昏暗的灯下闪闪发光。

宿舍的铁柜子上，架着一块不起眼的石头。石头后面立着一排荣誉证书。"为什么摆块石头啊？"安星问。

"这不是石头，是岩心。你闻闻。"爸爸起身拿起岩心，往他鼻子底下凑了凑。

半圆形的石头，和平常河边的石头质地不同，这个石头致密坚硬，闻着好像还有一股味。安星皱了皱鼻子，拿过冰凉的石头仔细打量起来。

"是不是像奶奶的磨刀石？"爸爸问。

"是哦！"安星这才想起那熟悉的感觉。

铁柜子旁的一个盒子里，放着一本没有封皮的书。安鹏说："这本书陪了我十多年，像个宝贝疙瘩，舍不得丢。"他说刚来这里的第一年，对很多工艺不了解，经常碰到各种各样的问题。每天上现场都抱着这本书，一边核查一边记规范，晚上睡不着的时候也会翻着看。现在都记不清翻过多少遍，上面记满了密密麻麻的笔记。有些页面脱落成碎片，粘好又掉了，索性夹在书里变成了特制的书签。那本书的旁边是一本蓝色封皮的笔记本，安星翻开本子，里面的纸张边角已经变硬。他随手翻开一页，上面的字写得并不怎么好。他

把脆薄的纸张慢慢分开,才看清内容:

石炭纪时期,天地一片混沌,鄂尔多斯盆地尚处于一片汪洋大海。北方温暖潮湿,南方寒冷干燥。火山、地震、海啸时常发生。后来,随着地壳变动,数条大河将盆地切割,在地上形成丘陵起伏、沟谷纵横的景观,地下演化成了致密的油气层。简单地说,鄂尔多斯盆地在远古时期是一片海,后来海变成了湖,湖水又连年减少,最后干涸。几万年后变成了石油……

正读得津津有味,忽然从笔记本里掉出一沓对折的纸来。安星俯身捡起,打开才发现是一封信。看到上面熟悉的字迹,他不顾爸爸的催促,目光已被发黄的信纸牢牢地锁住了。

三

宝贝:

好想你啊,又忍不住给你写信了。纸短情长,怎么样让你体会我的心意啊?山里起起伏伏的抽油机,即使再晚,也不会停止,就像妈妈,即使离得再远,也没有一刻不想你。

小星星，你一定是上天送来的天使吧。回想起你出生的那一幕，好像就发生在昨天，生你的过程虽然没那么顺利，但当我看到你的第一眼，还是忍不住笑了。奶奶说你长得像我，我说才不像我呢。虽觉得你丑，可我还是看不够，就静静地看着你，心想原来就是你这个小家伙在我肚子里待了九个多月啊。看着你一天天长大，会笑了，会翻身了，会爬了，会咿咿呀呀说话了，会坐了，会摇摇晃晃走路了，你的每个变化，妈妈都看在眼里喜在心里。

　　陪伴你成长的日子过得飞快，转眼我的产假到了，这意味着妈妈只有轮休时才能和你见上一面。离开你的第一个月，日子就像胶水一样流不动了。我需要你小小的脑袋靠在我的胸口，需要你温柔的呼吸拂去我梦里的不安。我总在深夜蒙着被子流眼泪，看看手机屏幕上你的照片。是啊，每一位油矿的母亲都欠孩子一个陪伴，我每次休假回去，你都会寸步不离地缠着我，我一会儿不在你的视线里，你都会跑过来看我是不是又溜走了。

　　无数个夜里，我一次次问自己：作为妈妈，怎样才能把全世界最好的爱给你？怎样才能做一个百分妈妈？你总喜欢摸着我的脸问：妈妈，你累吗？我也是姥姥的宝贝疙瘩，可自从进了油矿，我熬过好汉坡最冷的夜，踏过最狭窄的泥泞，淋过最寒冷的雨雪。凌晨三点，当人们都在甜美睡梦中时，我们已经戴着手套、提着桶打扫单井卫生，每一个庞大的机器，都像你一样，是妈妈精心呵护的宝贝。

你是我的软肋，也是我的盔甲，是你的到来，让我体验了妈妈其实并不仅是一个称谓。如果不是因为这份工作，小小的你也许就不必承受这一份缺失。我想跟你说句悄悄话：不管任何时候，爸妈对你的爱都不会改变，都会陪在你的身边。我要去巡井了，我的眼泪还会因为想你而不自觉流下，嘴角却也会不自觉上扬。请答应妈妈，余生还很长，我们一起努力，好吗？

爱你的妈妈

泪珠"吧嗒"一声掉在信纸上，把安星吓了一跳。这封信撞响了他心中的一串风铃，他翻出口袋里的那张毛边照片，照片上的妈妈穿着朴素的工装，笑容明媚，脸庞棱角分明，眼神坚毅。妈妈白婷去世后，他一直把这张照片带在身上，照片背面还写着："好汉坡上好汉多，风似钢刀雨似梭。让那青春来拼搏，不愿岁月空蹉跎。"

"这，是妈妈写给我的？"安星摸了摸自己的脸，怕眼泪打湿脆弱的纸，把信件小心地合了起来。

"嗯!"爸爸轻轻地说,"妈妈给你写了很多信。"

安星看着窗外的夜色说:"我想妈妈了……"

安鹏怔住了,积蓄了太多遗憾,太多回忆,他一时间心绪难平。这些年亏欠孩子太多了,他在油矿忙,儿子留给老人。小的时候,每次回家儿子都会抱着他哭,说爸爸你这次可不可以不走了。后来慢慢大了,在儿子清水似的眼珠里,那感情也被稀释得淡了。

"把你和奶奶送回老家,也是没有办法!"安鹏想跟儿子说说心里话。

"幸好,还有奶奶。"安星抿了抿嘴唇,揪过身后的枕头,把头埋了进去,再说话时,声音就闷闷的,"但奶奶代替不了妈妈。"

奶奶带着他回到乡下,但经常说城里的孙子金贵,陕北黄土高坡风沙肆虐,别的小孩鼻子都擦不干净,奶奶给他穿着最时兴的花棉袄、虎头鞋,每天用粗糙的手给他涂上一层大宝护肤霜。那时,奶奶好像很有力气,抓住他的胳膊就用信天游的曲调唱"小燕子穿花衣,年年春天来这里",边唱边把他提起来转圈圈。他喜欢为奶奶揪一根又一根的白发,终于有一天,他发现怎么努力也拔不完那些疯长的白发,只能任凭它们一夜一夜爬满她的双鬓。

爸爸伸出胳膊,把安星搂在怀里。儿子渐渐在他的怀里平静下来,后脑勺搁在他的臂弯里,微微张着嘴,牙齿间发出呼呼声。房子灯光昏暗，照在他的脑门儿上。瞅着皱起眉头的儿子，安鹏想，孩子的这颗小脑袋里是不是有个迷宫，有一些他自己走不出来的小记忆呢？

四

夜里，安星做了个梦。他梦见床变成了飞屋，带他在无边无际的雨中飘荡。雷雨交加的夜色中，他飞到了熟悉的窑洞，妈妈坐在炕上，她似是惊喜他的到来，一直笑个不停，起身伸手摸他的脑袋。他走到母亲身前任由她摸着脑袋，还枕在她的臂弯里，甚至他还能感受妈妈掌心的柔软与温暖。他仔细打量着妈妈的样子，如此熟悉又陌生。妈妈笑嘻嘻地说："想起妈妈了？"他点了点头，声音低沉，压抑着喉咙的哽咽，问："你还好吗？"这次妈妈并未回答，只是沉默着摸着他的脸颊说："妈妈得上班去了。"漆黑的夜空，夹杂着一阵阵雷声。窑洞外面不知什么时候长满了抽油机，一道闪电劈过，外面的抽油机都停转了。妈妈身穿雨衣，一手拿着手电，一手提着管钳，深一脚浅一脚，将一口口油井都启动起来。在一道闪电过后，妈妈整个人如失了魂儿一般，跌倒在地上。泪水和雨水交织着从安星的脸颊上流下来，安星想大声呼唤：妈妈！妈妈！可一张嘴，雨水就灌进去，让他一句话也说不出来。就在那个瞬间，会飞的床直直地坠落，只听咚的一声,他被摔醒了,才发觉自己掉在了地板上……

安星是一年前转学到石油基地的。石油城不太大,横竖两条路,和他以前待过的小镇差不多,唯一不同的是油城的一切都和油有关,毕竟这是因油而盛的生活基地,学校、医院、银行、影院,一应俱全,如果愿意完全可以在这里过一辈子吧,安星一个人走神时总是这样想。小区的楼群是统一的外观,统一的户型,外墙上画着磕头机,还刷着奇怪的标语。油城的很多家庭,几代人都在油矿上班,但那里真不像他的家。"家"说到底不仅是个普通的汉字,它还维系在每一个人身上,分散在每一天的生活里。

那天,安星听到房间外有轻微的响动声,像是拖动行李箱。他打开门,轻手轻脚地出去,看到大厅里放着一个行李箱,箱子中间的宝石花都翘起了边。他有无数句话哽在喉头,可又一句也说不出来。好似所有的心思,都顺着血液到达舌尖,每一根毛细血管都在朝他说话,可爸爸就是听不见。安鹏看到他出来,问:"怎么起这么早?"

"我睡不着!"安星说,"我想去看看妈妈!"

安鹏先是不解,但很快就明白过来,而后把话题岔开,"你现在是男子汉了,要听话。回去睡一阵吧!"

安星站定,听着爸爸的脚步声越来越远,和每次在奶奶家听到的那个脚步声一样揪心。

他想去看看妈妈。做通了奶奶的工作,征得李博同意,是在计划定下来的两天后。一听可以到油区,安星高兴地跳了起来。来到客厅时,奶奶正蹲在地上打包行李。

"这箱子怎么装这么点啊!星星帮我一把,把箱子拉上。"奶奶说着,拿出一个果丹皮丢过来。

"太好了,我要吃三根!"回过神来,安星看到灯光下奶奶额头上挂满了汗珠子。

"你们爷儿俩一个样,都喜欢果丹皮,都放在箱子里了。"

听到果丹皮这个词,安星舌尖上仿佛沾了一股酸酸甜甜的味道。那还是和奶奶在小镇时,每次感冒发烧,奶奶总会从柜子里翻出来一卷果丹皮,这对他来说是极珍贵的东西,奶奶说这是爸爸从遥远的地方寄来的,这让他对那个遥远的地方多了一份幻想。

五

迷迷糊糊一夜,安星被爸爸叫起来后,朝着好汉坡出发。刚出房子,被窝里聚起来的一丝暖意便化得无影无踪。原本以为山里的人都在睡觉,他抬头才发现远处的山坡上灯光点点。密密麻麻的磕头机二十四小时运转,像在膜拜月亮。这也意味着,油矿的人要跟着机器,二十四小时不停地转。

走进峡谷深壑,巨大的"好汉坡"三个字赫然立在崖端。爸爸说:"这坡叫阎王坡,第一拨儿在这里工作的人说,谁最先登上山顶，谁就是好汉。后来这山干脆就叫好汉坡了。"

原来，这就是好汉坡啊。安星真的站在下面时，才觉得这里有多么荒凉。眼前的陡峭台阶像羊肠小道蜿蜒而上，消失在高高的山上。每往上爬两步，就往下滑一步。安星扶着双膝，停下来大口喘气："这坡怎么这么陡啊？"

"害怕了？我带你上吧！"

"我才不怕呢！"

"别逞能！"

安星走在前面，沿着羊肠小道往上爬。刚爬了一半，腿就开始发软。他低头看了看深不见底的沟壑，感觉天旋地转。或许是一夜没休息好的缘故，他只觉得一阵眩晕，随即跌倒在地，顺着陡峭的山坡滚了下去。安鹏一声惊呼，搜住他的胳膊，自己也摔倒在台阶上。

"摔伤了没有？"安鹏抱着安星问。

"我好像有点恐高……"安星惊鸿初定，一抬头撞上一双慈爱的眼睛。

那会儿，安鹏才感觉胳膊火辣辣地疼。

站在高处，才知道陕北的风有多可怕。从山沟里蹿上来的风，顺着裤腿掠过全身，像砂纸般刮在脸上。父子俩把衣领竖起来遮住嘴巴，还是被风呛得难以呼吸。

井场外，安鹏看着熟悉的环境，抽动了下嘴角，轻轻地叹了口气，从怀中拿出一包烟，颤巍巍地点着了一根，忽然开始变得激动起来。少顷，他镇静了许多，踩灭烟头，一步一步走到油井边。他默默地凝视着抽油机，嘴里喃喃说着什么，最后转头看了看山坡上的坟茔。仔细打量，油井好像一个个站立的人，眼眸深邃。安星偷偷看了爸爸一眼，发现他眼中泪花汹涌。

回想山上的日日夜夜，悲苦情思禁不住袭上安鹏的心头。他和妻子结婚后，两个人都住到了山上，守着这口井。当初只有一台老八型抽油机默默地上下摆头，现在这里已经立着五口干净整洁的丛式井，井场也由原来的黄土地被修成了平整的砖地，当初的小树已长成大树，围了大半个井场。

那时，他的小日子过得温馨又甜蜜。从结婚到孩子出生，他觉得生活正以花开的姿态绽放。每次休完假上班前，看着熟睡的安星随着呼吸轻颤的长长睫毛，轻轻翕动的小巧鼻翼，小嘴巴露出的甜甜笑靥，他的一颗心瞬间就被温柔包裹了。"出去穿暖和点，按时吃饭，不要总熬夜。"母亲丢过来一件厚厚的羽绒服，"好好工作。星星在我身边，你们放宽心！"在母亲眼里，儿子永远都是长不大的孩子吧。

井场上的活儿，拾掇起来没么费劲，就是日子过得单调了些。妻子白婷闲不住，在井场边的荒地上开垦了一个菜园子，种上西红柿、豆角、辣子和玉米。每次来了人，她就在菜园挑几样新鲜的蔬菜，下厨为大家伙做些好吃的。白婷把房子装饰得像一个童话世界，再加上她的干煸豆角、青椒肉丝、鱼香茄子，同事们还没吃到嘴里就已经羡慕得流口水。除了菜园，他们还养着二十多只鸡，母鸡吃得个大膘肥，产蛋率高，方圆几里都小有名气。他早上洗漱完毕，白婷已经把一碗热气腾腾、香气四溢的馄饨端到桌上。这是他最爱的鸡汤小馄饨，不管是巡井还是在外面培训，一想到白婷的馄饨他总是垂涎三尺。小火慢炖了几个小时的浓香鸡汤、晶莹剔透的小馄饨、碧绿的香菜、细碎黄花丝，一碗馄饨包进了白婷多少的关怀。一口浓汤入喉，味蕾迅速被浓郁的香味占领，一股暖流顺着食道缓缓入胃，像一只温暖的手，妥帖地包裹着胃，这是白婷的味道，也是家的味道。"慢点吃，别烫着!"看着他狼吞虎咽，白婷一脸的满足，全然不在意为了这碗馄饨早起几小时的忙碌。

那时并不宽裕的铁皮房，成了安鹏最初的工作室。角落里堆满了各种废旧零件，空闲时他总是鼓捣着那些铁疙瘩，近乎痴迷。山里昼夜温差大，最低温度到零下二十摄氏度，这些管线最怕冻堵，安鹏就成了它们的专属医生。他摘下手套摸着井口，观察井口压力，没一会儿手脚就被冻得失去知觉，眼睛被冻得流出眼泪又结成了冰。那天，他正在铁皮房研究新的工艺，白婷把一份写好的信放到他的书里，出铁皮房前跑过来在他脸上亲了一下说："我巡井去了，巡完就回来!"

她出去后，外面的一道闪电划破长空，一声炸雷在头顶响起。过了一阵，安鹏冲出铁皮房，发觉爆豆似的雨点砸得脸生疼，雨水和汗水的混合物顺着头发流下来。他抹了把脸上的水，等到井边时，看到一道鞭子似的闪电轻轻抽了下井场边的变压器。正在井场边巡视的白婷，忽然就软塌塌地倒在了脚下的水中。他头发瞬间奓立起来，疯了一样扑向白婷。刚到那摊水边，就被一股强大的力量掀翻在地。

后来，在好汉坡的油井旁，耸立起一块大理石碑，碑文是用血红的颜色写成的。在山坡的一个平地，多了一个土堆成的坟茔。安鹏把妻子安放在距她工作最近的地方，想让她枕着抽油机的声音入眠。他守在墓碑旁，看着矮矮的鼓包，馒头状的坟头，抑制不住地失声痛哭。同事一次次拉他回去，天亮后又看到他呆呆坐在墓地。连续数月，他觉得万念俱灰。

"妈妈巡井时，被跨步电压击中，没有抢救过来……"安鹏用低沉的语调慢慢说着，像回忆一场漫长季节中的往事。

安星的身体抖得厉害。这个并无什么特殊标志的坟前，枯黄的草沙沙地低声诉说。现在，他来了，妈妈却不在了，妈妈用自己三十二岁的芳华在荒山野岭上竖起了一块碑。有风掠过，吹动一束干枯的山丹丹轻轻摇曳。

"爸，你后悔来好汉坡吗？"

安鹏一时不知怎么回答。这么多年，在一起一落的磕头机轰鸣声中，世界已经悄然变了样子，但他还留在原地。那些往事在他脑海中翻书一样过了一遍，答案好像已经逐渐浮现。"我不后悔！"

"我后悔，没有早来这儿。"安星把爸爸的手抓得更紧了。

"二杆子，真的假的？"爸爸一着急，说话也带上"话把子"。

"你知不知道，我最伤心的是啥？"

爸爸沉默着，但安星知道他在听。

"我最伤心的，是妈妈不在了，家塌了一半。你又经常不在，我感觉有家和没家一样。"他的嘴唇抖动着，继续说，"要是我早点到这里，看到你们这么辛苦，我就会少埋怨你。"

安鹏蹲下来把他抱在膝盖上，说："妈妈不在了，我得保护好你啊！有我在，家就在。我在哪儿，家就在哪儿。记住了吗？"

"晓得了，爸！"安星从口袋里掏出几根果丹皮，给妈妈坟前摆了三根。又拿出一根，拨开那层薄薄的塑料纸，递给了爸爸。

接过那个拨开薄塑料纸的果丹皮，安鹏感到心里也被果丹皮包裹住了，有点甜，有点酸。

东边的山头上，慢慢升起了太阳。太阳冲他们微笑，张开阔大的臂膀。阳光穿过寒冷，让人暖和起来。很长的时间，安星以为这是个幻觉。后来，他意识到，是妈妈，他已经在妈妈的怀抱里，感觉她阳光般的温度。他用心聆听妈妈传递的心声，觉得低矮的坟，像这座好汉坡巍峨雄阔起来，便不禁轻轻地呼唤："亲爱的妈妈，我来了！"

穿肠毒药

一

真格的，山中岁月是沙漠黄土的单色调，单调得像华阴老腔，听了让人眼泪糊满脸。酒局爱好者冯班长总爱找个山头，发起号召，喝点酒加深下感情。酒局中场，他再唱一曲秦腔，这场酒就算喝透了。

圪蹴在太阳山里，有酒的日子，就像油锅里掉进了两滴水，让人兴奋得冒泡泡。但山里的酒规里有一条，吃饭动筷子前，得先喝尽自己门前三杯酒。这开桌酒没喝干之前，尝荤腥和玩骰子，都与你无关。我第一次坐在桌前，吓得后背直冒冷汗。酒是穿肠毒药，骰子是剔骨钢刀，直至看到山里饭馆的酒徒都在摇着骰子狂欢，才明白这就是酒鬼的"摇头丸"。

油矿喝酒玩的游戏五花八门，冯班长对摇骰子格外精通。盖碗骰子在他手里，扣在桌上像铁锤，震得玻璃杯盛满的白酒洒出去一指深。他像冲锋的战士高喊着，声音似炸开的炮弹碎片，能掀翻饭店的简易石棉板房顶。骰子声在耳蜗里爆裂回旋，他吹牛，比大小，扎金花，摇着骰子打完一个通关，顺手点起一支烟，惬意地吸一口，再吐一串烟圈，透过圆洞洞的烟圈好像看一群残兵败将。

冯班长名叫冯晓军，穿着洗得发白的红工服，脚上套着磨破皮的黑劳保鞋，胡子麦茬儿一样立在下巴上。他刚过不惑之年，黑红的脸再加上额头沟壑一样的纹路，看上去像到了退休的年纪。他的黑脸，很大程度上与嗜烟和山里的风有关。

美食容易调动山里人的愉悦，分泌大量多巴胺。我们经常吃饭的地方，是太阳山的鸡肉摊馍店，山里的村民兼任厨师和服务员。菜馆的档次暂且不论，我们是奔着土鸡肉摊馍馍这道招牌美食去的。走进门口，鸡肉的香味迎面扑来，闻得我直冒口水。老板每次把饭馆背后散养的土鸡放血拔毛火燎清洗剁成块后，从水窖接出半桶清水泡半晌午。爆炒前，从旁边的菜园里摘半盆红辣椒、绿辣椒清洗切片，和鸡肉一起扔进干柴烧热的清油里翻炒上色，加水熬汤炖烂。在另一个铁锅锅底抹上结成块的羊油，用荞面糊糊摊出煎饼。出锅前，把摊馍放在盘底，盛上鲜嫩的鸡肉，浇上冒热气的鸡汤，撒上山里的小蒜苗、菜园里的香菜，嚼一口像咬在云上。每次说起这种软软糯糯的农家小吃，我的心情期待又焦虑，像洗完澡约见久未谋面的女友一样。那天在鸡肉摊馍店，屁股挤着屁股坐定，软软的一次性白色塑料膜盖着油乎乎的白色桌子，耷拉着铺到我的大腿上。我用烟头把塑料膜烫了一排洞洞，屁股在塑料方凳上拧了拧，坐瓷实了些。饭馆里落满灰尘的大屁股电视上，正播着宁浩的那部荒诞电影，荒沙戈壁地带，生活着一群和我们一样无秩序的人。

那几年，冯班长经常开着那辆喝了油的皮卡猛兽，轰隆隆跑出几十公里，带我去验收新架设的高压线路。四处漏风的皮卡拖起滚滚尘烟，到处弥漫着呛人的腥味。猛兽左拐右拐，人在车里像盖碗里的骰子右撞左撞，车打了个急转弯，就在我的头撞上挡风玻璃时，听到班长喊："暴殄天物啊！"朝窗外望去，山坡的杏树绽放着最浓的秋色。太阳山贫瘠，属歪脖子杏树最多。夏天杏子完全熟透了，躺在杏树下面，随手捡起刚掉下来的杏子，咬一口一包水，能甜到心里。杏树是野生的，杏子黄了，一阵风吹过来，冰雹一样落在山坡上，顺着山坡往下滚，搁在哪个土窝窝里，来年就能长出新树苗，一两年便开出白色杏花，整个山坡粉嫩嫩的。秋天霜一落，杏树叶变黄了，像一树的彩色蝴蝶在枝间飞舞。车路过那几处急弯时，只能以龟速爬行。我点起一支烟吐纳着，想起过往种种，心境如眼前的山路一样弯曲。回过神来想，那条天然色带铺满半个山坡，可惜藏在深山无人识，和我的石油青春一样怆惶。

"呸!"班长下车后,吐掉嘴里的沙土,当着架线老板的面,抹掉满脸褶子里面粉一样的尘土,然后才从车厢里拿出一堆电子设备,四十五度分开铺到地上,把连接在导线另一端的摇表转得呜呜直响。

我拿着线路验收单,记录冯班长报出的数据之余,抬头看见架线老板踩着小碎步,弯着腰从座驾里拿出香烟和红牛饮料。不出所料,摇表数值显示线路的接地电阻值不达标。电阻值不影响正常供电,是在打雷时把雷电导入地下,而不至于损伤设备。

"不达标啊!"班长在我的嗓子干得冒烟时,好像对那些可口的饮料视而不见,反而对着身后的架线老板接着嚷,"你挣钱挣迷糊了。"

架线老板觍着脸,举着香烟饮料凑到班长二百斤的躯体前,小声道:"黄土旱透了,这情况你知道的。"

班长瞪大眼睛喊:"废话少说,多焊几根扁铁!"

架线老板咧开嘴笑着,碰上班长牛一样的眼睛,脖子缩了一截,说道:"你放一百个心,就算把山挖个壕,我也把扁铁焊上。"

我穿着冬季的保暖式棉工服,像一只胖狗熊哈着白气,看着趴在杆子上验收线路的冯班长。第一次穿棉工服时,我记得那套衣服的每个细节,大棉帽子、黄色棉芯、红色质地,胸前绣着的宝石花,还有新染料的刺鼻味道,让我觉得穿着它很迷人，很像融进了那个集体，找到了归属。

　　登杆的脚扣穿在冯班长脚上，就像八爪鱼的脚，牢牢套住电杆。十几秒的工夫，他就站在那根五层楼高的电杆上，把二百多斤的身体用保险带挂住，松开双手迎风飞翔。我那时连最基本的爬杆动作要领都没掌握，望着高耸入云的电杆仿佛望着苹果的牛顿一样迷茫，更别说冯班长要求的身轻如燕、腾挪转移的技巧了。我不懂为什么要用这么美的两个形容词说爬电杆这件事。直到很久以后，我爬上电杆检修线路，看到山间盘旋的鹰，才明白这种形容的微妙境界。作为一门职业，这两个名词对于高压电工的意义，完全可以和芭蕾舞演员起舞时媲美，一点不比歼击机飞行员起飞时逊色，它是身体和技术的完美融合。

　　"再偷工减料，就把你埋进去。"班长的话虽这样说，但我们都心知肚明，在陕北这片干涸的黄土地，想让接地电阻合格，得在电杆底下掘地三尺，埋上十几米长的扁铁，这对于架线老板来说是一笔不小的投资，所以，他们更乐意把这些花销放到别的地方。

　　饭菜是架线老板提前打电话安排好的。菜馆服务员兼老板吆喝着端上来一盆鸡肉摊馍馍。我们饥肠辘辘，不待主位上的冯班长发话，便拿起面前的碟子盛满鸡肉，趁着余温大嚼大咬，风卷残云般消灭了一盘鸡肉，闭着眼睛享受软软糯糯咬在云上的快感。冯班长捞出最后一节鸡肋骨塞进嘴里，吃得牙尖吱吱冒油，吃完美美哑了一口酒。

我们喝的酒，是陕西西凤，瓶子小而细，外面套着白色塑料网，一瓶三百七十五毫升。油矿的人管这酒叫"七两半"，全部倒完刚好三杯，一滴不剩。杯起杯落间，一盆招牌美食仅剩一个鸡头在浓汤里独自漂零。桌上狼藉一片，一盘油炸花生米摆在汤汤水水的桌子中间。花生放进嘴里，带着油煳了的味儿，但一杯酒下肚，大家的手就禁不住往花生盘里伸。

二

请客吃饭的架线老板是个明眼人，举着酒杯提议："吃得高兴，冯班长给咱唱一板？"

唱一板，是陕西话里唱一曲秦腔的意思，这也是我们喝酒的既定节目。提起秦腔，冯班长眼神变得格外明亮。他喜欢秦腔，干活累了放开嗓子来一段，关关节节都得劲。他小时候听的不是寓言故事，而是爷爷唱的秦腔。老人斗大的字不识几个，却满肚子戏文，能整段唱出秦腔来。用他爷的话说，秦腔一板，赛过神仙。

"这鸡肉嫽扎咧！把魂勾走了！"冯班长呷了一口酒，眼睛亮亮地朝我瞟过来，"不唱了吧！"

这叫欲拒还迎，我抿了口酒说："你不唱戏，吃鸡肉摊馍不加辣子一样,没味道。"

冯班长拿起地上的七两半空瓶子,陀螺一样转起来。瓶子和桌子摩擦,发出嘎嘎的声响。两圈半后停下来,开口明晃晃地对着他,像是某种神的旨意。

"好吧,唱一板就唱一板!"冯班长说着,把酒杯攥在手心里咳了两声,扯开嗓子唱了一段:

> 祖籍陕西韩城县,杏花村中有家园,姐弟姻缘生了变,堂上滴血蒙屈冤,姐入牢笼她又逃窜,哪料她逃难到此间。为寻亲哪顾得路途遥远,登山涉水到蒲关。

一板唱罢,架线老板笑着鼓掌道:"我在长安看过一副对联:八百里秦川尘土飞扬,三千万老陕共吼秦腔;端一碗搅团喜气洋洋,没喋辣子嘟嘟囔囔。"

"对着哩!"冯班长一口喝尽杯中酒。

我记得山里一年能看一次戏。班长算着日子盼着过会,过会也叫庙会,唱戏就是在这个日子里。他提前把高压线路巡视完,把工作安排妥,就等着过会去山下看大戏。不过会的平常日子里,在山里走上一天也见不着几个人。但听到过会的消息,村民从山的褶皱里冒出来,聚成了一支大军。闲置了一年的戏台子,大红对联贴在两边,秦腔剧团的横幅挂在上面。做生意的人在戏场里铺开一张塑料布,把物件摆在上面,有些歪脖子树也成了货架,衣服丝巾就挂在树杈上,等着看戏的人来挑选。那些戏一般是下午和晚上各有一场,班长提前开着皮卡车,在戏场里停放好,把座位调平,拿出香烟,摆好茶杯,还有瓜子麻子,就等着好戏开场。那时的优越感在戏开场时就体现出来了。班长点支烟,喝口浓茶,跷着二郎腿,手指敲着大腿,跟着演员腔调摇着头,像坐在戏楼二层的贵宾。我刚开始听那些胡吼乱叫,胸闷气喘,后来发现虽然吼了些,但有助眠的功效。戏一开场就能打盹入眠,而且唱得越响,睡得越凶。往往是我躺在车后面回笼觉都睡醒了,班长嘴里还哼哼着。他一会儿说本子戏好,一会儿说折子戏撩,说现场看就是比手机里听着过瘾。那些我都不大关心,我关心的是散场后踩着满地的瓜子皮去街道吃美味的烧烤。过会的戏场外面都是人,你要是在烧烤摊儿前多停留一秒,就会被满脸堆笑的老板拽着插入食客中间。不得不说,再没什么比过会时的烧烤更能让一个吃货愉悦了。烤肉蘸着辣子油浸透肌肤,再沐浴辣椒孜然粉,经大火烹制,焦嫩爽口。我们和街道的饮食男女一起挥舞着钢签,撕下一嘴肉,紧接着灌进一杯酒,美味在唇齿间翻滚舞蹈,香气直抵舌尖。烧烤吃完,我们继续到戏场里的皮卡车里听晚上的另一场秦腔。

架线老板又提了杯酒说:"听说太阳山原油产量下降严

重，你们要分流了。"

我抓起面前的白酒灌到嘴里，也没压住心里的火，蹦出一句："别他妈说这些，心烦的，喝酒吧！"

桌子上的人愣了一下，架线老板像斗鸡一样梗起脖子道："喝酒闲扯，你骂人弄啥！"

"这鸟不拉屎的地方，青春都留在这里了。说分流就分流，活得像垃圾一样。"这话把我也吓了一跳，更不晓得为什么酒后还会有那样的思辨。太阳山属于超低渗透的油层。超低渗在业界被叫作磨刀石，我们被称为磨刀石上闹革命的人。那些山里的矿产被扎进地下的几千根管线捞走了最后一口黑金，原油产量断崖式下降，油井陆陆续续关停。人员分流带来的心理强震像山上狂风里夹杂着的细尘般无孔不入，但这和前列腺一样，是我们这些山里人不大愿意提起的痛。我们的工作，就是守护这里的输电线路。爬电杆就和军人踢正步一样，是一个电工的脸面。没有爬电杆的技能，永远都不是一个合格的电工。这是冯班长起初给我的教导。现在想想，漫长的日子里，冯班长传授给我的那些电力符号和计算公式，被我忘得一干二净，但他讲的石油生活的引子，一直在我脑袋里四季常青。

班长瞪了我一眼，把骰子摇得咣咣响："来来来，喝酒喝酒。"

架线老板眼睛把班长扫了又扫，嘴巴张了又张，最终没再提起那个该死的话题，满面红光慢慢黯下来。那天的风硬，吹在脸上刀子一样，但班长的声音让我温暖。看到他鬓角的白发上挂满汗珠，我劝他少喝点。

"老话说得对，人能喝多少酒是有定数的。喝了半辈子，最近感觉身体的零件不灵了。"烈酒呛得班长咳嗽连连，但手里的骰子却依然摇得欢实。

没想到一语成谶，我后来常常想起班长说的这句话。每次吃饭酩酊大醉后吹牛聊天，也加速了身体的内耗。

架线老板用脚拨开丢在地上的空酒瓶，去从柜台又拿来四瓶"七两半"。酒徒们又开始新一轮的厮杀，把一杯接一杯的烈酒灌进无底洞一样的肚子里。他们又玩起了老虎棒子鸡，筷子敲得桌边梆梆响，喊两声棒子棒子，第三声随着筷子声落地喊出结果。隔空观战，觉得天下酒场的规则都一个样，就是让不清醒的人更不清醒。架线老板显然喝麻了，菜汤汁淌到裤裆里，留下一圈圈污渍，酒顺着桌沿滴在脚面，也浑然不知。饭馆的灯泡忽暗忽明，像一部老影片一样容易让人陷进回忆中。而这个场景，后来经常出现在我的梦里。梦中的透明瓶子里，泡着一株植物，穿过黑暗绕到瓶子正面，那株植物竟然变成一个人的模样，血从那人的嘴角汩汩流出来。我经常被困在这个梦境中，因看到的这一幕而战栗。

"算尿了，该死的娃娃屁朝天。"肚子里的酒，上面顶到嗓子眼,下面让膀胱发胀。我懒得再和他们絮叨,转身出了门,能躲掉一杯是一杯吧。

后来我常常怀念那个时候,因为不久之后,我们单位下达了史上最严厉的"禁酒令",所有人都得遵照执行。那些内容我现在还记忆犹新:凡违反"禁酒令"的当事人,一律先停工,接受调查,视情节给予诫勉谈话、调整岗位、免职等组织处理,同时取消当年评先评优、晋级、提拔资格,由饮酒引起的一切后果,除本人自负外,一并追究组织者、参与者的责任。这些汉字的字缝里,藏着喝酒格杀勿论的刀子。我后来看到一位叫红柯的作家,写的《吹牛》,感叹那些喝酒的时光一去不复返。

三

那天的雪,也是悄无声息地落在山顶的。雪好像没了命地从云里逃出来,纷纷扬扬地覆盖了我曾经走过的山路、爬过的电杆、流过泪的土地。

厕所就在饭馆后的山坡下,由三面石棉板立起来搭建而成。走进没有门的简易厕所,一坨一坨屎尿被北风吹得硬邦邦。我的小便雄壮,哼了一整首歌,尿柱的力量丝毫没减,砸在弯弯绕的黑屎上,嗒嗒作响。第二遍歌哼到高潮,尿的力道才有所减弱,我最后提起一口气,咬紧后槽牙,浑身一阵颤抖，溅起的大大小小泡沫，融化了从缝隙里飘进来的几片雪花。

躲到石棉板房外，我抽着四块五毛钱一包的延安牌香烟，那时的烟技还不娴熟，混合着尼古丁的劣质烟草，只能顺着嘴角飘在呛人的空气里，不像饭馆里的几个老烟民，叼着烟屁股，像焊死在嘴角一样，吸进去的烟都能顺着鼻孔冒出来。应该是喝得有些飘，我站在沟边，感觉长出了一双结实的翅膀，像山里的猫头鹰在暗夜里起飞。这个飞翔的片段，像钢钉一样钉进我后来的记忆中，弥漫着不祥之兆。

忽然，口袋里的手机吱哇乱叫。接通电话，听筒里传来架线老板的声音："冯班长出事了，你快来！"电话信号吱吱呜呜，那边的声音急促。我脑袋嗡的一声，像被重锤猛击了一下。

刚跑到饭馆前，看见一群人抬着冯班长，脚步踉跄地从石棉板房出来。我跑近了，才看清他软绵绵地躺着，要不是面色惨白，口吐白沫，他闭着眼睛的样子和以前喝完酒睡着了一模一样，只不过那颗酒糟鼻黑里透红，几片掉在上面的雪花瞬间被融化了。

"咋了？刚还好好的！"我跑得气喘吁吁，嘴里哈出的热气罩在嘴边。

"是啊，刚才还摇着骰子喝着酒，忽地出溜到桌子底下了。"架线老板说着招呼我，"赶紧，送医院。"

冯班长躺进皮卡车后座时，他的从容淡定，像山里的风扫过山坡的草籽，不见一点踪影。我扶着车门爬进车里，握着那双粗糙的手，冰凉如山里的石头。

以前喝完酒在车上，冯班长总对着电话吹牛聊天，夹杂着烟味的唾沫从两颗撅着的黄牙间喷出来，堆满嘴角。那天风雪交加，车里安静得让人心生恐惧，眼前软绵绵的土路，走得格外漫长。巡线时，皮卡车顺着这些路到目的地，我和班长背着工具包扛起铁锨，徒步翻山越岭五六公里，像荒野猎人。山里的大雪过后，除过黄鼠外，偶尔也能见到野鸡。班长说野鸡又叫七彩锦鸡，雄鸡尾巴上长着的鸡翎，颜色艳丽又光亮，秦腔里的武将把野鸡翎插在帽子上，表演起来显得威武、潇洒。我们巡线时捡到过两根，现在还插在笔筒里，阳光洒在上面会映出彩色的光。出了山，当把昏迷的班长送进急诊室，天色已经暗了下来。

又过了两个小时，看着急诊室门打开，我们急忙冲过去。床上的冯班长，直挺挺地躺着，插着氧气管，身上贴满监护仪器，安静得像一株植物。

"咋样？"我凑到白大褂跟前，仿佛看着救世主一般。

"送来得太晚了，人还在昏迷中。"医生欲言又止的话，把我心里仅存的那点侥幸，剔得干干净净，"至于……至于啥时醒，不太好说。"

"咋会这样？"我不由得问。

"血压这么高，还喝酒，不要命了。"在医生断断续续的话里，我还获知，脑出血造成的血块压迫神经，班长必须立即转院手术，否则后果不堪设想。

廉价的眼泪像地下的泉水源源不断涌了出来。我望着夜空孤零零地悬着的月亮，感觉心忽地抽搐在一起，像刀尖戳着，尖锐地疼起来。

我依稀记得，那场大雪之后的太阳山，像一匹苟延残喘的老骆驼，扑通一声跪倒在地，连同厚土之下的黑金，化作一声悲鸣，败给了时间这头猛兽。但掉进时空虫洞里昏迷不醒的冯班长，直到五年后的今天，还像一株只会呼吸的植物，似一座山压在我心里，让人喘不过气来。

月光婚纱

一

秦昕来井场的那个除夕夜，是我过年值班的第六个年头。年夜饭做的是肉臊子烩面片，我边和面，边同她聊天。醒面时，切好肉臊子、萝卜丁、西红柿。热油下锅，香味就蹿出来了。臊子出锅，水烧开了，开始揪面片。水烧过三遍，面熟了捞出来。臊子往锅里一倒，面往锅里一拌，葱花往锅里一撒，色香味俱全。

"做饭挺厉害啊！"秦昕穿着红色棉工服，头发随意盘在发套里，挽起袖子准备碗筷。

"也不常开火，方便面、馒头、榨菜，凑合着也能吃一顿。"

以前在家，我妈做饭时，我喜欢搭把手，拍黄瓜、炒鸡蛋、蒸馒头，但到了油矿自己做饭时，情况就不一样了。面和软了，加面粉又硬了，加水又软了，软软硬硬间半袋子面粉堆在案板上。总算软硬合适，上笼用抹布封严锅缝，开大火就等着馒头出锅。在我的欢呼声中揭开锅盖，满锅的馒头东倒西歪，个个不成形状。后来我妈在手机那端远程教学，我做饭的花样才多了起来。

"太香了。"秦昕吃下一大碗面后，抹掉了嘴边的油渍笑了笑，"男人会做饭，过年也浪漫！"

"那以后，天天给你做。"我连着吃了两碗，拍着胀起来的肚皮喊。

秦昕似懂非懂地望着我笑，胖嘟嘟的脸笑起来，眯着一对毛毛眼。第一次见到她，我就被这样的笑容迷住了。那次是参加油矿组织的单身青年鹊桥会，我俩在同一辆观光车上。她圆脸盘上一对大眼睛，直愣愣地看人时显得有点呆，忽然间回过神，眼波一转，能荡到人的心里去。或许是相亲现场薰衣草弥漫的芳香，或许是单身男女体内散发出的荷尔蒙，一向寡言的我，那次突然滔滔讲起话来，逗得秦昕咯咯地笑得停不下来。也是那时我才知道，她在骆驼山的另一个山头上班，这让我们的关系无形中拉近了许多。我们在那个流动着温暖的地方，跟着人群钻进夜市，吃滚滚九曲黄河水灌溉的牛肉面。看着细如发丝的拉面，我想谈恋爱这事，就像拉面师傅手里的面，只要揉搓得筋道，不怕做不出一碗好面来。

吃完饭，我俩围着一堆柴火，坐在井场的山坡上。我从身边的啤酒箱里拎出来两瓶啤酒，用牙咬开瓶盖。白色的啤酒沫从瓶口涌出来，像身体里压抑不住要喷射的荷尔蒙。

"春节愉快！"秦昕说着，酒瓶和我碰了一下。

"咣——"两个啤酒瓶撞在一起。活了二十几年，第一次有女人单独陪我过年。我忘了有没有把这句话说出口，仰着头咬住酒瓶，吹喇叭一样把一瓶碳水化合物灌进无底洞一样的胃里，"我给你放个礼炮。"空酒瓶画出一道弧线，顺着山坡滚入沟里，远远传来叮当的回响。

顺着酒瓶滚落的方向，能看到井场上的三台抽油机悠悠地转着。井场上的三间铁皮房一溜摆开，左边是厨房，中间是我的宿舍，右边是库房杂物间。铁皮房后面，是一根木头杆撑起的篮球架，旁边靠着电视、卫星锅和锈蚀变形的淡水存储罐。

我斜靠在一箱啤酒上，眯着眼睛盯着两颊绯红的秦昕，开始讲油矿的故事。我们这些油矿土著民，白天看太阳，晚上数星星，守着单井和电杆，偶尔碰见放羊的，也得拦住说上几句话，羊添了小羊崽子，我们都能分辨出是哪只羊下的种。

笑声从秦昕的鼻子里飞出来，她的毛毛眼眯成两泓春水，我真想跳到她怀里做一只兔子。这鬼地方，当兔子比当人舒服得多。它们一年四季在溜得光滑的兔道上，顶着月光狂奔觅食，鼓着圆肚在草丛里打着滚发情，直把人看得火起。

  我新开两瓶冒白沫的啤酒,给秦昕面前又摆了一瓶。借着月光,试探着搂住她的肩膀,鼻子里闻到熟悉又陌生的气息。"过年了,送你一个礼物。"

  我从脖子上取下玉佩,放在秦昕手里,她看了又看说:"这还刻了你的名字,怎么送我?"

  "我打小身体弱,老妈找人开光刻了字,喜欢不?"

  "喜欢!"火光下秦昕的那两泓春水向我涌来,眼睛格外闪亮。

  那时的我,只想把婚结了。以前倒也不着急,反正刚毕业。如此几年,时间如山沟匆匆溜走的风,白白带走了我的青春不说,也辜负了姥爷抱重孙的夙愿,让他老人家带着遗憾撒手人寰。要说结婚这事,最着急的还是母亲,她退休后把我的婚姻当事业,外加姥爷临终前的交代,这几乎成了老妈心里的一块磨盘。联谊的最后一天,我问秦昕能抱下吗?她笑着低下头,我上前双臂环抱,在她额头上轻轻吻了一下,她蹭着我的胸口笑着说:"感觉到没,你的心跳得好快!"那时,我忍不住憧憬,压在我妈心头的磨盘怕是要卸掉了。后来的我俩,像某种适宜暗夜里盛开的植物,隔三岔五在手机两端碰头,在网络的文字里暗生情愫。

  我嘴里喷着啤酒花靠近她,她没有揉开我。冰凉的手触碰到她滚烫的皮肤时,我俩一起颤抖瑟缩。褐色的月光,给秦昕裸露的身子镀上了一层银光。对面山坡的一只猫头鹰，像幽灵一样窥探着我们，叫声听着让人心慌。

事毕，我眼冒金星，"咕咚咚"吹完一瓶啤酒，只想对着月亮周围的风圈像狼一样狂叫。秦昕整理好衣服，轻轻咬着嘴唇，眼睛忽暗忽明。

"今天好多商店都关门了，只买到了一支烟花。"秦昕在一个黑塑料袋里翻出烟花，立在山顶。我笑着在她额头上吻了一下，跑过去用打火机点燃了引线。

高高的山梁上，升空的烟花慢镜头一样画出弧线，将夜空分开一道又一道口子。我用手机拍了几张照片，想为秦昕拍照时，看见她对着夜空絮絮叨叨。烟花爆裂的声音嘈杂，我把手机摄像头对准她大声问："感慨啥呢？"

"没什么，几句歌词。"她躲过了镜头，咬了咬嘴唇说，"冯斌，你爱我吗？"

"爱啊，傻瓜！"我一把将她裹进宽大的冬季棉工衣里。

她抽出手捧着我的脸，仔细端详了半天，问："你会娶我吗？"

我紧紧搂着她，吻了吻她耳边的头发，凑到她耳朵根说："会啊！"

"真的？"

"真的，现在就想和你结婚。"

"啊，现在不行。"

"那啥时候行?"

"以后再说吧,啥时候都行。"她捋了捋掉下来的头发,笑得有些艰涩。

二

油井是油矿最小的单元,那几年山里的油井像石头夹缝里长的红柳,一簇一簇顶翻石头冒出来。我和师傅负责看护几百公里的电力线路,为的是把电力供至磕头机的电动机,带动驴头上上下下,把方圆几公里的原油从几千米的地下抽出来,再通过管道输送到处理厂。这是一个蜿蜒漫长的石油开采链,我们只是这座庞大机器上的一颗小螺丝钉。

那天的电力线路的抢修累得我万念俱灰。回到井场,师傅却哼着山上放羊老汉唱的酸曲,麻利地拌了黄瓜,切了牛肉,馏了半笼馒头,最后从旅行箱底拎出来一瓶酒:"酱香的,我存了好几年,咱俩也过个年。"

师傅说这话时,我已经咽了几次口水。他休完假回到井场,我就像有了主心骨,扛着瓷瓶串在三十米高的电线塔上,也能多生出几分蛮力。他从家里带来的那款白酒,山上难得一见。酒到酣处,师傅又没了斯文样。他揉了揉酒糟鼻,像戴着红套鼻的小丑,说:"咱这工作,一年到头都休不了几天假。山里的村民都笑话咱有房子住不上,有女人亲不上,有孩子养不上。他还说油矿上的一对老职工,几十年两地分居,退休后两个人终于团聚,结果不到一年就以离婚收场。"

这事像油矿里的忧伤牧歌,在油区传得广。我想起以前也问过秦昕:如果我俩休假时间不撞车,几个月见不上面,你能接受吗?她发来了织女的表情,我回她气宇轩昂的牛郎。

那天的沙尘暴是突然降临的,闷雷一般的沙尘像一匹脱缰的野马咆哮着压了下来。师傅深深地蜷缩在椅子里说:"两地分居时间长了,想说几句好听的话都说不出口。"

"夫妻也会生疏?"我忍不住问。

"没结婚你不懂。"师傅忽然坐起来说,"我过年前聚会时,有人说起秦昕。"

"咋说的?"一听到秦昕,我顿时来了兴致。

师傅给我塞了根烟,慢腾腾地说:"人事科的老张,喝了酒说话就像机关枪。他说在统计信息时,看到秦昕婚姻栏显示为离异状态。"

外面的沙尘暴把房子裹得严严实实。风在吼,直往耳朵里钻,师傅的那句话,也被风灌进了我耳洞里:"离异?你说秦昕离过婚?"

"我也是听老张酒后说了一嘴,具体的你得问问姑娘。"师傅说。

我像被抢险的扳手击中太阳穴，思维一片混乱，出门给秦昕拨电话。

门外的坡上，一头公驴听见对面的母驴叫唤，撒着欢狂叫。电话接通，听筒里的声音依旧温柔："你忙完了？"

"今天抢修，忙了一天！"我喝得五迷三道，最禁不起这种温柔的撩拨。

"还在山上？"她可能听见了驴的浪叫和风声，又说，"我最近在准备检查，也忙死啦！"

不知道怎么提出那个话题，我和秦昕有一搭没一搭地聊着。实在扛不过风沙的侵袭，我捡起一块土疙瘩狠狠抛出去，砸在黑驴背上，才说："想问你一个事。"

"啥事啊？"

"你离过婚，为什么不告诉我？"

忽然，听筒那边有东西破裂的刺耳声传来，而后电话里的声音变得压抑又拘谨："你怎么知道的？"

她的反问，像一把锋利的刀，把所有的猜忌都连筋带肉割开了。"你为啥瞒我？"我忍不住对着话筒吼起来，声音听起来像抢险时喊的号子。

"我一直不知道怎么开这个口。"秦昕悦耳的声音听着暗下去不少。

我一时无话，咧着嘴苦笑，笑是没有副作用的镇静剂。

挂掉电话前，秦昕说："我和他认识不到一个月，就领了结婚证。可维持不到三十天，就离了，婚礼都没办。"

师傅拉着我坐回房子里，递过来一杯酒。我一把甩开，抓起桌上白瓷酒瓶拼命往嘴里灌，感觉那不再是酒精含量百分之五十二的佳酿，而是没有任何味道的白水。

第二天早上醒来时，我赤条条趴在架子床上。太阳从窗子射进来，照在我吐的一堆污秽上。谁说的好酒不醉人，对我这种二两量的酒民，喝多了一样翻江倒海，以至于那之后的几个月，我一闻到白酒味就反胃。那天记忆断片前，我记得给秦昕发了几十条信息，也没见有短信跳出来。打电话传来的先是嘟嘟的忙音，后来再拨过去，便一个机器人的声音："您拨打的电话已关机。"已关机，这仿佛也给我的这段感情判了死刑。

师傅说我那晚光着膀子，在铁皮板房外又号又笑，像一头发情的野兽。恰巧老妈打来电话，在她的盘问下，我喝了口师傅泡的茶，把情况一五一十地说了。

"你要真放不下，就豁出去追，女人的心软。"

"这还不是被你们逼的？"我把嘴里的茶叶吐在地上，又喝了口浓茶。

"妈也是为你好，你要拿得起放得下。"电话里的声音剧烈咳嗽起来，"昨天……和你姑姑通电话，她说……同事有个姑娘，在你们骆驼山。要不，介绍你们见上一面？"

每次休假回家，她念经般催促，我也会见几个相亲的姑娘。她们说：你能陪我去西安大唐不夜城 Cosplay 吗？你能带我去城墙打卡吗？直到最后一个姑娘，拆完十几个盲盒后说："我只希望找个人陪我逛街看电影。"我这才明白，谁才是骆驼山的那朵荒山奇葩。

"相亲就像拆盲盒，哪有那么多机会遇上爆款的。"估计我妈也不懂什么盲盒，懒得解释，我掐断了电话，望着窗外的抽油机发呆。

那些天的夜里，我经常醒着，烟把嗓子抽哑了，我想写封信给秦昕，那支笔落在纸上后，思绪像细小泉眼里冒出的凉水，源源不断地涌出来，让我不得不把那些字敲到电脑上。那些爆裂的烟花，诡异的猫头鹰叫声，还有吻她时留在嘴里的烟火碎屑的苦味，时常侵入清晨的梦。

那天，师傅忽然出现在篮球架下，说看了我打印出来压在枕头下的文稿。我心里冒着火，投出一个三分球，篮球在篮筐上弹了两下弹飞了。

禁不住师傅白天夜里的软磨硬泡，那篇告白书被他投进石油职工文学艺术节的征文邮箱中。结果，那一万多个汉字像一个个氢气球，带我飞越了骆驼山，坐在职工文学艺术节的颁奖会上。嘉宾读颁奖词时，念了一段我写的句子："当我第一次得知自己分到骆驼山油矿时，就开始怀疑上辈子是不是做过什么伤天害理的事。那里的地理坐标是祖国的大西北，在地图上就是一个小黑点。在骆驼山的岁月，榨干了我青春里最甜的那段甘蔗。我的幸运和不幸，都轮番在那里上演。"

站在领奖台，接过证书，相机的闪光灯刺得眼睛发酸。我摸着那份质量上乘的绒布证书，心想这就是一个巨大的反讽，曝光了我无处释放的荷尔蒙和没有着落的婚姻。让人没料到的是，领奖回来后的那个夏天，我被抽调到基地宣传部，为调研组的检查做准备工作。据电话通知的人说："要来的人级别高，人数比我们抢险时还多。"

三

油矿基地建在骆驼山脚下的小镇子上。小镇街道被车碾轧得变了形，破裂的塑料椅、简易的操作台占据了大半条街道。炒菜的香味弥漫在街道上空，我吃了一碗羊杂，一碗剁荞面，喝了陕北小米粥，才进了基地的院子。进楼时一身的油污，引来诸多好奇的目光。

敲开办公室的门，里面烟味刺鼻，透过烟雾缭绕的空隙，坐在办公桌后面的人看上去三十多岁，胖头圆脑。他左手往沙发上指了指，笑着问："你有啥事？"

"我叫冯斌，来报道。"我一点点落向沙发里，但最后只是将屁股的前半部分搁在沙发边上。

"冯斌？"他的那种诧异，好像我的名字带着鱼钩的倒刺一样。喝了两口茶，挂在他嘴角的笑，慢慢消失了："我是许超。最近有一系列的检查，领导借调你到宣传部。"

从那间办公室出来，我站在窗前的一只褐色小花瓶前，拨通了师傅的电话，他说："这是好事，机关的人天天围着领导转，你跟着我累死累活，神仙也不知道你这个小鬼能上天入地。"

坐在那间办公室，我开始夜夜加班爬格子。油矿里把写材料的叫"材料狗"，说这是最苦的活儿，弄成一份材料周期长，反复打磨反复改。我那段时间焦虑煎熬，有次给师傅诉苦，说材料里的方块字，像从电脑屏里爬出来的食人蚁，快把我吞噬了。师傅劝我不能退缩，好马不吃回头草。

坐在那里，我心里一直隐隐不安。师傅说过，一个人能做成什么事，心里都有一杆秤。我曾把这种感觉给秦昕讲过，她在信息中说我连续六个春节的值守，是在逃避大龄青年身份的焦虑，井场是我远离人群的庇护所。离开井场到基地的第一个月，我每天在办公室做着烦琐的事务，到饭点了心里还惦记着井场，琢磨着做什么饭。

我去找许超，看他办公桌上堆满了资料书籍，电脑桌面也被 Word 文档覆盖得只剩下一行，我问他不能把桌面整理下吗，他说不是不整理啊，一个接一个的材料，根本来不及。听说他也算是我们单位的"一支笔"，是犯了什么错误才被下放到基地的。可能是看我态度还算端正，他说写材料要靠、要新,还要拔。他说的时候手里拿着笔,敲着桌上的笔记本,说一点敲一下。那气势,大有"菩提祖师走上前,将悟空头上打了三下,倒背着手走入里面"的用意。他可能觉得能写出几万字的小说,同样也能把几千字的公文拿下。直到现在我也认为,押韵整齐的公文是对汉字的巧取豪夺。我像个文字的搬运工,从一份材料中剪辑一两段,粘贴到另一份材料中,材料自己读起来都像天书一样。

果然,没过几天许超就跺着小碎步"啪"地把手里的一沓纸丢在我面前说:"这就是你写的材料?"

前几天他夹着本子从领导办公室回来,把我叫过去,草草地说了几句就被一个电话打断了,我小声嘀咕:"你接着电话,像赶苍蝇一样赶我走,我有啥办法?"

"我给你讲的都喂狗了吗?"他一拳砸着键盘上,嘴里振振有词,"你学学怎么写材料,别他妈误入文学的歧途了!"

我心里想摔门扬长而去,留下桀骜不驯爱自由的背影。然而,我不知道业余写作对我意味着什么,所以像得了分裂症,下一秒小鸡啄米般点了点头。

"晚上把材料改好,"他手指头还是顶着我的鼻尖,声音具有超强的穿透力,整栋楼仿佛都被穿透了,"明天上班前,必须放我办公桌上。"

我深夜敲击电脑键盘,声音噼里啪啦,听上去像杀人于无形的飞镖。第二天上班,许超看了几眼材料后,当着我的面把A4纸从中间撕开，又叠在一起撕烂，最后丢在脚下的垃圾桶里："他们说你是个才子，狗屁！"

许超经常带着我们一群人在会议室里，开着投影仪，把材料投到屏幕上逐字逐句推敲。有时为了一两个标点符号，讨论过来讨论过去半天过不了。那些讲话材料，领导也不念标点符号啊，我在心里笑。虽然我的脑门越来越亮，眼圈经常发黑，但把精力放在改材料上，总比想秦昕的煎熬少很多。

调研组来之前的那段日子里，前期验收小组来了一拨儿又一拨儿。我发现虽然每一拨儿验收的领导不同，但检查验收后的三部曲始终是一样的：每次验收后，我们都要修改汇报材料，小标题对仗工整，主标题起得震天响。每次验收后，员工的标准化汇报都要提高一个档次，若非亲眼所见，我绝不会相信那些复杂的工业术语能被职工介绍得像篇美文。每次验收后，都要擦玻璃、擦地板、扫院子，还得给白色的围墙上刷红漆，涂上醒目的口号。

调研组从单位门口拥进来的那天，黑云滚滚吞噬着山头。他们穿着红色工服戴着白色安全帽，浩浩荡荡如红色潮水，漫过基地的院子。前排的眼镜领导背着手走得不慌不忙，要是听到感兴趣的地方，会指一指问问。看到我写的作品，他让我讲讲。刚开始说话，我紧张得喉咙发痒，后面放开了，就把骆驼山的苦胡侃一通，并说我的小说有油味有温度，有积极的现实投影，深入生活扎根石油，这是套用了颁奖仪式上那篇小说颁奖词里的原话。领导若有所悟地点头，扶了扶鼻子上掉下来的眼镜。

我正沉浸在兴奋中，忽然看见秦昕消瘦的身影也混在人群里。算了算从那次之后，她已经许久没搭理我。我想凑过去，可又停住了，仿佛谁在背后拽着我。那之前的一天夜里，我在办公室加班时收到过一条她的短信：月色朦胧。这四个字像一块石头，在我心里荡起涟漪。我把这条信息翻来覆去看了至少一百次，想不出更多的含义，打的字删了写，写了删，最后只发过去一个问号。对于这样一条信息而言，这么回复应该算得体吧。不过也无所谓，反正秦昕没再回复。在她眼里，我差不多算个感情骗子吧。她一定是希望跟我结婚吧，虽然她从来没这么说过，却并不代表她不这么想。现在她寄托在我身上的希望破灭了，那还有什么好说的呢？然而，我依然想念她，我不记得自己如此想念过一个人。特别是想到曾无比亲密的姑娘突然间形同路人，更让我生出巨大的虚幻。或许爱情，假设这东西真的存在，总量恒定。属于我和秦昕的情感额度已经用完且无法透支。我也从来没对另外一个人说过那样多的话，特别是在培训的时候，我曾向她复盘了无数次，当时的穿着、表情、说过的话，每一个细节都被拎出来细致地描述，回忆切片被言语的透镜放大数百倍。话说回来，若不是秦昕爱听，我可能也不会一遍又一遍地讲。那段时间，周末要是偶尔不加班，能睡到下午一两点钟。从黑漆漆的宿舍醒来时，会油然生出不知今夕是何年之感。有时人已经醒了，却不想起来。这时候总会拿起床头柜上的书转移一下注意力，不然的话，秦昕准会闯入正在恢复还未及设防的意识中。不看书，就忍不住去看手机里秦昕的照片。和她在一起时，拍了很多照片，我一直试图把它们删掉，可每次都下不了决心，那些照片常常会让身体隐秘的突出部位蠢蠢欲动。看样子，她过得也没什么不好。有一个瞬间，我甚至怀疑她是否把我俩暗夜里聊过的微信删了，将那个玉佩也扔了，与那个人重归于好。

四

晚上的会餐异常丰盛。我被灌了一肚子酒，想着还得出一份通讯稿，不得不昏昏沉沉地回到办公室点灯熬夜。

刚打开办公室门，就看见沙发上有俩人。再仔细一看，我的头先炸开了。

被压在沙发上的人脸红得猴屁股一样，他们看见我，也愣住了。我直愣愣地看着俩人，在与秦昕眼神交会的一刹那，她的面貌变得奇怪起来。

"大眼瞪小眼的，有什么好看的。"许超首先恢复了镇定，一摆手说，"我俩说点事，你先滚出去。"

"放开她。"我猛地跑过去,挥手给了他一巴掌。

"你个王八蛋!"许超一把抓住我的衣领,瞪着我咆哮起来,"我俩谈恋爱结婚时,你还不知道在哪个山头巡线!"他在恋爱结婚几个字上加重了语气。

衣领勒得我呼吸困难,仅存的几分理智支撑着我分析他话里的意思,想从中获取更多信息。

"还不明白?"许超脖子上的青筋暴露,"我俩离婚了,但现在我后悔了。"

"我真不知道,原来是你。"我好像明白了些什么。

"别闹了,你俩还嫌事不够大吗?"秦昕站在我们之间,眼角挂着泪滴,试图阻隔冲突。但这在我看来,只是火上浇油罢了。

"我就是个傻子!"我气得浑身控制不住地颤抖,天花板在眼前摇晃。

"你确实是个瓜货。"许超嘴角挂着不屑的笑,步步紧逼。

"你把她毁了,知道不?"我上前一步,死死掐住他。

"轮不到你教训我。"许超脸憋得通红,随即一拳打在我脸上,同时用膝盖击中了我的肚子。确切地讲,他的动作是给了我一拳后,顺势搂住我的脖颈,然后猛抬膝盖,整套动作一气呵成,连我口袋里的手机,也被顶出来摔进办公桌的角落里。

我疼得抱着肚子弯成一只大虾，胃里残留的那些美味佳肴蠢蠢欲动，视线也渐渐模糊，隐约看到秦昕跑过来试图扶起我。许超拉扯着秦昕，一直在吼，我没听清他说了什么，只看到女人被推倒在地上。

"狗日的，狗日的！"我像只困兽嘶喊，心咚咚直跳，黑血忍不住地涌上头顶，忽然看见窗台旁的那只褐色小花瓶，便顺手拎起，冲着许超的胖脑袋砸了下去。

就那么一下，爆开花的瓷片散落一地。我大睁着眼睛，看见血从许超的头发里渗了出来，帷幕一样遮住了他的半边脸。秦昕吓得叫出了声，两行眼泪挂在胖嘟嘟的脸颊上，让人心疼。

许超使劲捂着头，像演员一样出门谢了幕。我想跟在后面看看情况，却一屁股瘫坐在地上，扶着垃圾桶"哇哇哇"地吐起来。

"你今天喝了多少酒，疯了吧！"秦昕拍着我的后背，声音里还带着哭腔。

我以前喝酒也吐，但憋出眼泪还是第一次。我用秦昕递过来的纸巾，抹了把挂在鼻尖的鼻涕眼泪，双手撑着垃圾桶换了口气，趔趄着站起来。我听到电话在什么地方振动，用眼睛寻了半天，才从沾血的残渣碎片里找到屏幕碎裂的手机勉强接通。母亲闲扯了几句，话头一转说："上次介绍的姑娘，你还见不见？"

"哪个姑娘?"

"上次你姑姑介绍的,叫秦昕。"

"叫啥?"

"秦昕!"

电话里的声音,像扣动扳机的撞针,撞击着我的心脏,震得我耳蜗嗡嗡响。那时月亮刚刚爬上来,我听见月光碎银子一样洒在山坡的叮当声。起初,我以为那是幻听,后来发现根本不是,那声音像一台抽油机通电后的轰鸣。

显然,站在我身边的秦昕也听到了话筒里的声音,她从脖子上取下那块刻着我名字的玉佩:"我一直想给你解释,油矿的圈子小得很,也封闭得很。我这样一个离过婚的人,你还愿意吗?"

玉佩在秦昕手里像命运的钟摆左右晃动,我握住那块还带着体温的钟摆,重新戴到她脖子上:"好好戴着吧,别弄丢了!"

骆驼山月色朦胧,我忽然想起井场的那个除夕夜,月亮周围明晃晃的风圈,像一股神秘的力量笼罩着我们。那晚的月色轻盈,像披在女孩身上的婚纱一样轻。

逃离熔炉

一

"油三代"沈文庆终究没逃脱命运的魔咒,毕业后被分配到了太阳山油矿。来油矿之前,他是有心理准备的,但真踏进这座没有围墙的工厂,油矿部落里的一切都超出了他的预想。

"喂,你就没想过离开这地方?"晚霞把山染成血红色,沈文庆抽了口烟絮絮叨叨。

"你问的这屁话。"我吐了一串烟圈,看它们和那血色夕阳一起淹没在暮色中,"要豁得出去,早跑了。"

"待这地方,早晚变成傻子。"

"你已经傻了,还用早晚啊。"我烦透了他天天说的这些车轱辘话。

忘了有没有就这个话题再扯下去,那时距我们分到太阳山仅三个月,时间距现在已经过去十年之久。十年长得足够忘记许多事,但我清楚记得,那时沈文庆经常抱怨,太阳山这屁大点的地方，待着憋屈死了。谁说不憋屈呢，像我们这样的年轻人，丢进油矿的大熔炉里，就是被淬炼的一块钢。初到油矿的生活，让我意识到过去二十年积累的知识，只是为了把我送进大学校门拿到一张文凭，我在这里像个傻子一样失去了生存能力。那时的我们，正处在一场巨大的心理遭遇战中，而且每当抱怨这个陷阱时，就在这个深渊里陷得越深。

　　我到这个位于沙漠边缘的油矿报道时，队长高峰说还有一个倒霉蛋，但迟迟未露面。过了一个星期，我巡线回来，看到宿舍站着一位年轻人，身板笔挺，浓眉方脸，个头一米九的样子。他自我介绍说他叫沈文庆，我说我叫杨杰。我俩算是一个战壕里的患难兄弟，半个月后就混熟了。沈文庆是个话痨，说起话来机关枪一样。他什么事都跟我讲，包括他的宇宙无敌美少女李菁菁。他家往上数两代，都是聚少离多的石油工人，他高考前拼命想逃离石油城，填的志愿都是外省的大学。接到录取通知书时，激动得浑身发颤。他说上大学最幸运的就是认识了李菁菁。第一次见她的那个下午，他正坐在操场边上听《卡农》，这曲子旋律往复缠绵，让耳蜗欲仙欲死。就在此时，一个身材高挑的女孩朝他跑来，还对着他轻轻地笑了一下。于是在他眼中，这个长相酷似全智贤的女孩，是接受了上天的旨意，披着万道金光奔他而来的。有一瞬间她那走路时扬起的尘土，在夕阳下也像腾起的仙气。他眼睛橡皮筋一样缠在女孩身上，直到那根橡皮筋弹回来，他像被子弹击中了心脏。后来，他俩真的恋爱了，可毕业后诸事不利，他通过招工来到油矿，一对鸳鸯成了异地恋。说到这事，他的牙齿总是咬得咯咯响。

那天晚上，高峰打电话让我去趟值班室。走进值班室，里面像着火了一样，几个人蒙头抽烟，面露疲惫之色，空气里弥漫着一片蓝色氤氲。

高峰脸黑，个头和名字一样高，额头上布满了沟壑般的皱纹，他坐在角落里，目光从笔记本上抬起，擦过大家的头顶，落到我的身上问："见着小沈没有？"

我睡得迷迷糊糊，听了一头雾水："是不是去门口商店了？他最爱买十块钱一包的云烟，两块钱一包的蚕豆了。"

"我们找遍了，不见人！"高峰丢下这么一句话，又点着了一根烟，"你俩关系好，他有没有说要去哪儿？"

不可否认，在队里沈文庆和我关系最好。有次班里搞了个聚餐，大伙把目标对准我们两个新工人轮番敬酒。我不胜酒力，很快缴械投降，要不是沈文庆拦着，那天恐怕得躺平了让人抬回去。结果当天晚上，沈文庆吐得一塌糊涂。其实他的酒量也就半斤多，只不过人实在，敢替我拦酒，这不由得让人高看他一眼。他天天说要从这里调走或者逃走，我只当那是他酒后的醉话，便说："他嘴上说要闪了，但没那胆。再说你们待在这儿，没人想过要闪吗？"

有人笑了，高峰敲了敲桌子，站了起来大声说："你还没认识到问题的严重性，现在是特殊时期，要是真出了事，咱们吃不了都得兜着走。"

我感觉空气里的烟尘都震了一下，我和大伙的目光都聚拢到队长身上。

"新的绩效考核办法，进行薪酬兑现，奖金拿多少，业绩说了算。这小子平时吊儿郎当，总还在队里。但一个大活人找不见，板子打下来，你我的钱包都要受损失。"高峰有些谢顶，说话很快。他一口气说完，又点了一支烟，在烟雾里眯起眼睛静等大家的反应。

高峰的话重新激活了气氛，大家叽叽歪歪说开了。

"以前一个人出事，只处理个人，对大家伙影响不大。现在嘛，只要有人综治维稳方面出了问题，队里拿不到奖金，所有人的月奖都会受到影响。"副队长煽风点火地说。

"这是一粒老鼠屎，害了一锅汤！"

"不按身份定高低，不论资历拿多少，这也算是好事啊！"

"这小子不会跑回家了吧？"高峰挠着头又说，"他前几天找我请过假，我给骂回去了。"

我们来的时候正赶上地方变电所检修，对油区电网进行限电，队里上上下下在紧急发电。大发电持续了二十来天的样子，一下开启的三台机组，让原本就不宽裕的人员顿时更显紧张。在家休假的、探亲的都返回了岗位，正准备休假的副队长也撕碎了假条。我记得队长根据设备测温、测振点的测试方位不同，用多种颜色对设备进行了标注，保证我们这样的新兵操作时的安全。三台发电机组呼啸而起，我们都得对余热锅炉、热水炉、除氧器、发电机组、循环水泵这些设备重点巡查监控压力、温度、水位、负荷变化。老师傅发电的决心一浪高过一浪，高峰对每台设备、每条管线、每块表计的巡视都不马虎，一次巡视下来少说也得两小时。那台降温的锅炉在室内，二十几米高的锅炉平台，爬上去后整个衣服都湿透了，再到循环水池又得顶着室外的严寒，就这样冰火两重天，一趟下来休息不到一小时，下一轮巡视便又开始了。

这样的关头，谁敢批假？无疑，这成了沈文庆逃离熔炉的一根导火索。但这地方风大沟深、山塬纵横，一天到晚的风沙刮得昏天暗地，到哪儿去找一个把自己藏起来的人？高峰对此再清楚不过，但不管咋样，他不容许谁给他这个连年的油矿标兵抹黑。"杨杰，说说你的真实想法。"

"我？我没想法！"

一片哄笑中，高峰的脸越来越黑。他掐灭烟头，将半截烟蒂扔在脚下，狠狠地蹍烂说："现在的年轻人说走就走，简直不像话。我们刚来那时候跟着老师傅一起架线，登杆组装金具，放线紧拉线，有的电杆架在山顶上，导线得沟穿河，路上的虚土一下子漫过膝盖，我们浑身碰得青一块紫一块，也没人下火线。现在条件比那时好太多了嘛！坐在电脑屏前监控操作，输送指令，就能把电送到油矿的四面八方，还有什么不知足的呢！当然，要是从前，我才顾不上管一个毛头小子；现在不行了，这影响到全队几十个人的票子，能不管吗？"

我拿起手机拨沈文庆的电话，显示关机，才感觉汗从额头渗了出来。"其实，这也不算是大事，只要不上报就没人知道。"

"这不可能！"

"这地方前不着村后不着店，真要有个三长两短，怎么给他家里交代？"我那会儿也是有些隐隐不安。

高峰一拍桌子说："要么拿出切实的办法，要么晚上就别睡了，把这个愣头青拎回来。"

"电话都不接，怎么找？"副队长转头迟疑片刻，"难不成去他家，把人绑回来？"

高峰瞥一眼大伙，目光一下子冷漠了："我记得他有个女朋友，是不是有这回事？"

"好像，好像有这么回事，他说长得酷似全智贤。"我如实回答。

"这么说，他就是去找女朋友了？"

"我们一群人在这打光棍，他一个光棍倒是会享受。"立即有人抱打不平。

不等大伙儿再叽叽歪歪，高峰就说："行了行了，别发牢骚了，你们以前也是刺儿头。"

"他不接电话，可以发信息，不信他看不到。"我笑着说。

"只要人安全，比什么都重要。现在，每个人都发条信息。我不管你们说什么，把咱们的压力给这小子传递过去就行了！"

高峰的话，得到了广泛的响应。

二

那一夜，我们急得像热锅上的蚂蚁。结果这个失踪人口，一夜一天后竟然大摇大摆从院子门口进来了，就好像每次干完活收工后从门口进来一样从容。

高峰翻遍了资料盒里的规章制度，也没找出哪条规定能把眼前逃跑的傻大胆千刀万剐生煎活剥，一解他心头之气。而且，对于沈文庆做检讨时说的那个过于牵强的理由，黑脸队长当着我们的面破口大骂，气得浑身发抖："你说想静静，别他妈侮辱我的智商！"

我们一群人坐在值班室，想到因为维稳一票否决制，让高峰视若生命的先进评选落了空，再听这个过于真实但听上去异常违和的借口，忍不住都笑出了眼泪。

脱岗不假外出，能套上去的制度顶格算也只有扣发当月奖金这一条。沈文庆口袋里的碎银变少之后，天天剥削我的精神食粮，往往是我刚打开烟盒的锡箔纸，转眼一包烟就进了他的口袋。与以前相比，他回来后抽烟更凶了，抽得牙齿发黑中指焦黄，隔一米远都闻得见烟草味，夜里关灯后嘴角也亮着星星，第二天起来呛得我一阵干呕。

对于他失踪后的动向之谜，我问过好几次，他嘴上都像贴了封条一样不提这事。他倒是更新了一条微信朋友圈：兵荒马乱的岁月，我曾拥有黄金万两，现如今一无所有。

那天我在门口的小饭馆置办了饭菜，还特意点了我俩都喜欢吃的油糕。圆圆的油糕像蛋黄派模样，当地老乡用糜子面裹上黑糖，油炸出锅，咬一口外酥里嫩，香糯甜口，让人欲罢不能。酒足饭饱，我俩迷迷瞪瞪打着饱嗝儿，嘴里吧唧吧唧嚼着泛上来的肉末。借着酒劲，我又问起他失踪的去向。

"我去找李菁菁了！"沈文庆抽烟的手抖了一下，声音带着一丝皱褶。关于这位美少女，他以前说起时，总说她脸型标致，鼻子挺拔，声音甜美，最主要的是可盐可甜。我眼前立即浮现出那位唱《睫毛弯弯》的女生的形象。

沈文庆惨兮兮地笑了一下，接着说："那天是她的生日，我俩整个上午都在商场里，那栋楼都是吃喝玩乐的地方，我想地球要是毁灭了，只要那商场在，里面的人依旧可以活下去，像一座城市的挪亚方舟一样。"

沈文庆说李菁菁喜欢各种牛仔裤，他们从一楼逛到四楼，看了几十家店的裤子，长的、短的、七分裤，都让她欢喜。也许是因为牛仔裤能修饰出她的细腿，让它更有形。他拎了两包衣服，快到饭点时才逛到五楼。那层是吃饭的地方，她选的是好利来蛋糕店，倒不是那里的蛋糕有多好吃，而是店里粉色的墙面、灯光和服务员吸引了她。在选蛋糕时，他们选择了粉色的那几款，这算是心理暗示吧！每打开一个蛋糕，李菁菁都要拿起桌上的手机拍照，拍完蛋糕还要拍人像，这是朋友圈里所需的粮食弹药。每次拍照前她都会说："你要是把我的脸拍大了，你就死定了。"每次拍完后说："你看你看，把我拍得脸又大又圆。"他想：无论技术怎么牛，都抵不过美颜瘦身带给女人的精神依赖。他俩吃完，在店里又多待了几分钟，那是李菁菁在朋友圈发图投弹的黄金时间，各种样式好看的蛋糕，在美颜相机的加持下，弥漫着暧昧的甜味，她顺便配了一句推文：久违的幸福和美好。他飞快地点了赞，在女友的心里，这样的时刻，不仅要享受，还要别人和她一起见证。都说炫耀是因为少，他们之间这种年轻人最普通的时刻，都弥足珍贵，这是隐藏在甜蜜幸福背后，不被人看到的酸楚。

按照李菁菁的计划，他们饭后当然还要看场电影，其实看什么不重要，好似只要在荧光闪烁的放映室里闻见爆米花的味道，一场约会才算圆满。前一天基本上没咋睡，他那会儿又累又困，所以在选片时，选了排行榜第一的口水片《泰囧》。电影前的广告，是几部片子的预告，那些炫酷的剪辑，引爆眼球的特效，神秘含蓄的情节，像一顿大餐前的开胃小甜点，免费赠送，让观众胃口大开。正餐影片开播了，李菁菁把细长的手指和他的手扣在一起，额头妥妥地枕在他的肩头。广电总局的电影龙标刚从大屏上出现，他感觉眼睛开始迷糊，然后沉沉地睡着了。

等他惊醒时，前排戴着眼镜的人频频回头，他怀里、脚下洒满了一层爆米花，再看李菁菁已经气呼呼地从座位上站起来，走了出去。后来他想，可能是睡着后的呼噜在刚刚安静下来的开头独白声中显得过于突兀，而且极为不协调。他赶紧来到放映室外面的走廊里，拉着李菁菁道歉。

结果这位美少女把脸沉下来说："看个电影，你都能睡着。我等了三个月，才见你一面。以后是不是要一直等你啊？我等不住，也耗不起！"

那时放映厅里正好传出影片的对白："你真是个奇葩，二到无穷大。"在里面的观众被狗血的笑料剧情逗得乐呵呵时，他心里却结了冰。

三

沈文庆把李菁菁送给他的东西填进一个纸箱里，一圈一圈用胶带封死，像骨折后全身打了石膏的病人，推进床下墙角里。那之后，他搜遍了网上全智贤参演的电影，可能他觉得那女孩不属于他了，但全智贤的一颦一笑，包括她的眼神嘴唇，面颊上的痣，都和李菁菁极其相似。尤其是全智贤弹奏《卡农》的镜头出现时，沈文庆神情专注，全然不顾烟头烧到手指头上。他一遍遍地刷剧,好似那些电影都是李菁菁演的。我有时都弄不清,他是不是已经走火入魔,将她俩混淆了。

有天我推门进屋,看到他正把一团卫生纸从裤裆里拿出来,空气里散发着一丝诡异味道。后来我想,他沉溺在那点欲望中,在资源匮乏的太阳山,想释放一下,也只能借助于全智贤的画面意淫了。他脸上的那丝满足神情,因为我的忽然出现显得有些慌乱。最让我记忆深刻的,是他用刚抽出来的那只手擦了把脸,眼眶却是湿的。

后来的我们,依旧训练、巡线,依旧抱怨、吐槽,日子好像又恢复到一成不变的样子。我们的单位是油矿电力企业,最早学会爬上电杆,身轻如燕、腾挪转移的是沈文庆。在这方面,他总是比我强。仿佛我俩是同一条线上起跑的羊,他凭着健壮的四蹄,已经远远地把我甩在身后。高峰后来对他青眼有加,很大的原因就在这里。

那天高峰让沈文庆爬杆训练时,见他穿上脚扣,腰被保险带和电杆拴在一起,两只手抱着电杆不撒手,一步一步动作缓慢,活活像一只树懒,眼神涣散。朔风凛冽,越往上攀爬,风吹得越狠。抱着寒冰一样的电杆,手会失去知觉。上到七八米时,高峰在底下喊:"挺胸,抬头,重心放在脚上,手放开,朝后靠,站稳了。"见沈文庆死活不松手,高峰又喊:"不解放双手,以后咋在杆子上干活呢。"他好像睡着的人被骂醒了,刚放开抱着电杆的手,重心还没来得及转移到脚上，忽然脚扣顺着电杆滑了下来。一眨眼的工夫，他就从四五层楼高的水泥电线杆上落到了地面。而套在脚面上的脚扣，刀子一样竖着刺进他的大腿根。我们着急忙慌地跑过去，只见他裤裆里渗出一大片血痕。

在医院住了大半个月，我像个专职保姆似的跟前跟后伺候着，病房空气里的消毒水和卫生间溢出来的尿骚味熏得我想吐，但沈文庆却无动于衷，他整个人都塌下了，全身抽了筋一样。我知道那是爱情的花凋谢了，他也像枯木一样失去了生机。

高峰来医院看过几次，说电杆爬不成了，还得找个活干，不能荒废了青春。沈文庆也说想找点事做，每天像死人一样躺着，脑子里爱胡思乱想。但谁又能想到，他说的找点事干，是全情投入到游戏世界呢。

从医院回来后的一个清晨，他找高峰借来一台旧电脑，立在那张摇摇欲坠的桌子上，开始了从天明到日落的征战之路。那台不知道哪年淘汰下来的破烂货，机箱发烫，经常"轰"地启动风扇，飞机引擎一样，把我从半夜的睡梦中惊醒。他打的是一款叫《反恐精英》的网游，规则倒也简单，参与者和小时候玩的过家家差不多，分为警察和匪徒两方，游戏玩家各自操作角色进入战斗，干翻对方就算获胜。那段时间这款游戏在山里很盛行，几番对战下来，几个同事纷纷战败，当游戏地图里的幸存者显示只有他和对手的黄标还在闪烁时,他正炫耀的工夫,就被对手从对面楼上用装有高倍瞄准镜的步枪狙杀了。他霍地站起来,把手里的香烟甩在地上,跳起来踩了几脚。我在心里笑,嘴上却安慰说:"把注意力放在这上面,总比想李菁菁强多了。"

这话戳痛了沈文庆的神经,他神情暗淡,不再言语,重新坐下开始敲电脑键盘,声音噼里啪啦,听上去像杀我于无形的大口径枪声。我想在他的认知里,情场失意,游戏里总得赢回来一局吧。

四

沈文庆在游戏里沉沦时,我们正在沙漠边缘巡线。那天他忽然打电话说到老地方谝谝。我们的语境里,谝闲传就是闲聊唠嗑。傍晚收工,我翻过老地方的山坡,就听到夕阳里荡漾着那支缠绵的《卡农》旋律,再看地上的两箱啤酒,几袋蚕豆,还有不知从哪搞到的几块油糕,多少有些诧异。

看我过去,沈文庆关了手机上的音乐播放器,把手里的烟盒递给我,我没接那烟,先把手伸进油糕袋子里,抓出一个凉油糕塞进嘴里。对这种美食我至今还是欲罢不能,对一个地方的适应,与胃有很大的关系,我都记不清是从什么时候开始接受这里的,习惯了油矿的独特饮食,荒凉环境,从胃到心,一步步被攻陷了。

我想起和沈文庆相约,坐着山下的绿皮火车齐聚长安。后来出差,从山里到城市,踩着长安的柏油路面,心里就咯噔咯噔响,灌进耳朵里的声音格外喧嚣。我被人群裹着走在大街上,看那些衣着清凉的姑娘,觉得那些顺着吸管流进嘴里的白色酸奶都甜美了不少。有一瞬间,站在熙熙攘攘的人流中,看着五彩缤纷的灯光,听着此起彼伏的吆喝声,有种从外星球重返人间的恍惚。我把手里的半袋子油糕拍了照片,给沈文庆发过去,还发了一段感慨说,山里人从来不知热油糕的滋味。他回复我说:少见多怪,在山里待傻了。

沈文庆从身边的箱子里拎出啤酒,"吧嗒"一声咬掉瓶盖,塞到我手里时还冒着白沫。他又咬开一瓶,以吹喇叭的姿势灌下去一大半,再把酒瓶摁在土里拧了几圈,啤酒就稳稳地立在地上。而后,他用袖子一抹嘴,甩了甩长而凌乱的头发说:"李菁菁昨天给我打电话了。"

"都大半年了,打电话求复合啊?"我说着灌了口酒。

沈文庆说他俩刚分手,他手机上接到过一个陌生号码。接通后对方却没有声音,两三次之后,他警觉起来,心想这个人会不会是李菁菁。这么一想,他心里什么地方动了一下,一股暖意从心底里泛起,可转念一想,他的心又空了,又有了要哭的欲望。那段时间,凡是有关李菁菁的消息,自然都会深深地吸引他。那阵子的美少女一会儿飘到北京,一会儿又飘到深圳,像一只他抓不住线的风筝。沈文庆拎出栽在地上的酒瓶，把剩下的酒灌进肚子里，拿起手机递给我说："给你看张照片。"

在亮起的手机屏上，我扫了眼上面的婚纱照，看到一张因美颜过度而呈现出的"蛇精脸"，心里的全智贤立刻蒙上了一层阴影。李菁菁身上穿着的白纱随风飞扬，一个男人把手扣在她的纤纤细腰上，美少女望着男人的眼睛，仿佛一对天作之合的璧人。

"这女人，啥意思啊？"我惊得呛了口酒，咳了半天。

"订婚了呗！"沈文庆脸憋得通红，说着把酒瓶抛到山下，"她还在电话里问我，爱不爱她。"

"你咋说的？"我在心里已经咒骂着这个女人，都要为人妻了还问这些伤天害理的问题。

"我给她说，宿舍的那个纸箱里，装着刚到油矿三个月的工资奖金，一万三千零五十元，就当是给她结婚的礼钱了。"

"你真是个大傻子。"那天说这话时，我比以往都要郑重。我俩破天荒地喝完了两箱啤酒，沈文庆咧着嘴一边吐一边哭，弄脏了裤腿不说，惹得我也哇哇地张开嘴，让一股甜腻的糖汁从胃里飞泻而出。

这是我们漫长石油生活的序章。我一直记得那天的山被晚霞包裹着，柔软似油糕，甜腻似黑糖的夕阳余晖，把我们镀成了金色，一如青春的样子。

高山下的花环

一

我从采油工岗位调到油矿报社时,基本属于沙地里四月天的生瓜蛋。那时整天想写篇深度报道,弄个大动静,现在看这想法真是幼稚,当记者不仅是手里的管钳变成采访笔这么简单,报社主管时常用手拍着桌子,让我把稿子写得像篇通讯,而不是散文。这话说来简单,但实操起来很难,我们油矿的文学生态,和自然环境一样贫瘠,在这里谈文学,就像扯下内裤一样,让人难为情。我时常站在油矿山头,怀念在大学闷热的宿舍里,大家为一首诗争得面红耳赤的情景。日落西山,我明白爱好归爱好,工作归工作,这就是基层文学的现状。谁承想,在油矿报社摸底添新丁时,我在文学的荒原里属于矬子里拔高个,被硬生生拎了出来。那天主管又拍完桌子,安排我采访油矿专家孟国华,我虽有些发怵,但心里憋着一口气,还是背上采访包冲出去了。

我们的油矿，属于石油生产链条上游的企业，就像母亲河的源头卡日曲。黄河之水天上来，并不是自昆仑山就奔流不息，谁能想到这条磅礴的河之源头，仅有碗口那么大呢。我们这个上游企业，就是打下一个个碗口大的油井，把地下石头里的原油压裂出来，再输送到长城一样蜿蜒的输油管道，运至下游企业。油矿在哪里立井架打油井，得孟国华手里的实验数据说了算，用行话讲，这叫权威。毕竟，一口井打下去几千万，不能打下去都是干窟窿，让这么多钱打水漂。孟国华是油矿少有的二十世纪八十年代老牌大学生，常年研究记录油史变迁密码的石头，半辈子把论文写在油井旁，填补了不少技术空白，被同事称为孟石头。这个绰号听着又臭又硬，但他也不在乎，有次开会时他把眼镜往秃头顶一推，说："我这辈子就爱研究石头。"这些为数不多的往事，被报社的前辈们写在报纸上，记录了他光辉的岁月历程。

孟国华办公室的门开着，从门口看进去，有人老僧入定般坐在一堆地质岩石前，听见敲门声，才慢腾腾地回头。他神情冷峻，眼神忧郁，一副眼镜架在头顶，因为逆光，看着像曝光参数过高而拍出来的人像照。后来在这个角度，我为他拍了一组工作照，减少了曝光量，登在报纸头版上。

寒暄之后，我说明了来意，没想到他却说："小伙子，要了解我做的事，难度很大，隔行如隔山。"我心里一颤，觉着这话像座昆仑山堵在我面前，这才明白同事听见我一个菜鸟要采访这位科研专家时欲言又止的神情。他们说:"孟国华的事迹虽好,但见报的很少,他的性格相当难捉摸。采访他,难!"

空气里充满着让人难挨的沉默,我被这种空气包围着,呆呆地戳在办公室中间,像根木头桩子。油矿的分布图,横亘在孟国华办公室的墙上。我抬头看地图,一眼就看到了曾工作过的太阳山油矿。那里别着一朵白花,我深深地被那朵花吸引,忽然想起那里依山而建的英模亭。每年清明节,我们都会穿上没有沾油渍的干净工衣,手持白菊胸戴白花,为牺牲的前辈敬献花圈。

"哟,这是高山下的花环。"不知为何,这句颇有历史年代感的话,从我嘴里溜了出来。

"你知道这里?"孟国华眼睛亮了一下,随即问了我这句话。

我连忙告诉他,太阳山油矿壑岘如麻,山梁延亘数十里,散落着三个自然村。我们分到油矿的第一课,就是参观石油英烈亭。那座红柱碧瓦的纪念亭,纪念的是长眠于此的采油工陈小兵。亭子中的那幅旧照片里,陈小兵盯着远方,眼睛里透着刚毅,照片下面写着他的生平简介和为抢救物资而牺牲的事迹。那天,山边的云像巨型的爆米花,似盖在山头的厚棉被。我低头看到山里的黑色蚁军,从脚下穿梭而过,它们用两个前螯举着比身体重得多的食物,跑出了一条食指宽的规整队形。那是第一次,我被山里的生命所感动。

我说话时,孟国华出神地望着那朵白花,整个脸笼罩在吐出的烟雾里发愣。直到被烟头烫了一下,才猛地甩了下手,把掉在桌上的烟屁股捡起,揉灭在白色烟灰缸里。随即,又从烟盒里抽出两支烟,把其中的一支递给我,说:"你为啥对蚂蚁感兴趣?"

"都说我们是石油工业战线上的螺丝钉,"我边说边接过那支芙蓉王,"但在山里采油,我觉着和蚂蚁更像。我喜好文学,还写过一篇为蚂蚁立传的文章呢。"

他若有所思地点了点头。

打破了该死的僵局,我感觉挡在面前的那座山逐渐隐去。顺着这个小插曲,我便同他聊起来。孟国华话少,但我发现采访的话题逐渐被引到科研领域,谈话俨然变成了他的主场。

他带着我走进岩心库,那里储藏的油气田石头,看着致密坚硬,形似花岗岩。他做了这样一个实验:将一滴水,滴在岩心上,过了一分多钟,才基本渗完。他说:"同样的一滴水,滴在家用的磨刀石上,五秒便可以全部渗入。"

"为什么渗入慢?"

"因为岩层密啊。"孟国华说着,把油气岩石放在显微镜下。

透过那个一比二百的镜片,我惊奇地发现,致密的花岗岩缝里,藏着斑斑黑点。

"看到里面的黑点了吧,那就是我们所说的石油。国际上把渗透率小于二十毫达西的油矿称为低渗透油矿,这里储层的渗透率普遍小于一个毫达西。如果把中东的油藏储层比作高等级公路,这里的油藏储层就好比羊肠小道。中东国家的油矿是石头泡在油里面,这里的油却嵌在石头缝里。"

那天,对于我的疑问,他做实验,画图纸,那些高精尖的科研理论被他阐释得明明白白。后来,我悟到采访和科研一样,也是一门技术活,一上来就逮住人一顿狂轰滥炸,很容易让对方心生厌恶。采访前适当来一些前戏,才能在进入正题时交流得更愉悦。

采访完,我连夜整理录音,撰写通讯稿。记得开头引用了一位陕西文学前辈的话:"只有初恋般的热情和宗教般的意志,人才有可能成就某种事业。"结尾用了孟国华喜欢的一首诗,说的是无缘观赏庐山的烟雨和钱塘江的潮汐,有无尽的遗憾,终于看到了澎湃潮水,却发现过去的妄念也不过如此。现在看这篇独署我名的新闻,还是写得像篇散文。报社主管却在月底的部门总结会上拿着报纸念道:"'孟国华钻研地质岩石里油气藏分布规律,让石头开口说话。'这比喻还算新颖。"

自那之后,这位科研专家不管是获奖还是当劳模,采写的任务报社都算在我头上。只不过有了前面的熟络,后来的采访少了很多客套,但依旧让我头疼。

一颗生瓜蛋往石头上撞,怎么能不疼呢?

二

时光荏苒，研究了一辈子石头的孟国华，跨过了五十九岁门槛。那天，他忽然给我打进来一通电话，让我过去一趟。我丝毫不敢怠慢，放下手头的活儿就赶到他的办公室。

"我和你一样大的时候，有过一段经历，很难忘啊。"稍停顿后，他挠了挠秃顶的头皮望着我，"你要有兴趣，我给你讲讲。"

听了这话，我心里一阵诧异，又有些期待，算是职业病："好啊，你讲吧！"

"这事你知道一些，这人你也认识。"孟国华说着给我推过来一本老式硬皮笔记本。

我接过笔记本，从头到尾翻了一遍，发现那本笔记里包含着琐碎生活的蛛丝马迹，最后几页却只写了一句话：加把劲儿，兄弟！看着那几个大大的感叹号，我说："你都把我搞糊涂了。"

"我讲之前，你得先答应一个要求。这是我的亲身经历，你写出来给人看，要真实采写，不要凭空编撰，让人觉得荒诞。"

我急于听下文，便点头答应。

少顷，他抽了口烟，憋在嘴里，许久才缓缓冒出来一丝烟："这是关于陈小兵的事！"

这话像二胡大师拉的弓，听着有千斤重。猜不出他俩之间有什么关系，我心里的疑惑更大了，连忙掏出采访包里的录音笔，按下录音键摆在桌上。

那天，带着心中的问号，我听到了一段从未了解过的往事。只是由于时间久远，孟国华的讲述过于零碎，而且非常跳跃。于是，就像以前的采访那样，我花去了几个晚上的时间，将银白色录音笔里混乱的音频，整理成了下面这个趋于完整的故事。

那年的冬天，冷得让人直想跳进火堆里。孟国华有个"煤系地层热演化与烃类成因"的课题，这个课题说简单点，就是摸清油气资源生成分布状况。

这是一块烫手的山芋。当时国内没有适用的试验装置，他想自己开发研制试验仪器，跑遍了全国，才在上海找到了能加工反应釜、陶瓷加热炉的厂家。陶瓷加热炉制好了，却比石头还沉，也不能磕碰。东西不能托运，他买了副扁担，把玻璃器皿放进竹筐，挑着扁担从上海转车到天津，才坐上了发往甘肃的火车。

反应釜是玻璃的，大小接口、长短把手，娇里娇气。上了车，他脱下棉袄外套，将器皿包裹起来，抱在怀里。正是他的这个举动，一上车就被贼惦记上了。一打盹的工夫，他的钱包被人顺走了。一天没进食，被饥饿噬咬的胃火烧火燎地疼。他紧紧抱着器皿，撑起下巴，关住两片眼皮，身子却一个劲儿地打哆嗦。

"小伙子,你咋啦?"孟国华听到有人在他耳边说话,那人的话还没说完,他感觉身子就要倒下去,要不是被人扶了一把,怀里的反应釜也要砸在过道里。他连开口说话的力气都没有,只是咬了几下牙,慢慢张开眼皮,看清是一个穿着红工装的男人。

那人取出帆布包,拿出一大块牛肉,递到他手里:"来,先吃一口。"

馋虫勾着他撑起来,接过肉来吃了一口。就那么一口,麻木的感官复苏了,每块肉末滑进身体的感觉清晰可见。几口吞掉一大块牛肉,又喝了口水,他才咧开嘴苦笑着说:"钱包,让贼偷了。"

"就说嘛,像几天没吃饭!"眼前的人也笑了,"你抱着啥东西,跟宝贝似的?"

玻璃器皿有些沉,他喘着气,拍了拍怀里的东西:"这是油矿做实验用的,比命还贵!"

"是吗,我也是油矿的。"那人露出憨憨的笑,凑到他跟前说,"对了,我叫陈小兵。"

他这才注意到眼前的陈小兵,微胖的中等个头,方脸剑眉,眼窝深陷,眼神却有力道。看到陈小兵胳膊上包着厚厚的纱布,他疑惑地问:"这胳膊咋回事啊?"

"这个啊,"陈小兵看着窗外说,"看井时受了点伤!"

陈小兵说井场暴发了山洪,他冲进了大雨中,刚把油井保护起来,又发现机房内的收球桶裂了,浓浓的油气味弥漫了整个房子。没有防毒面具强行钻进去关阀门就是送命,但不及时更改流程,发生爆炸后果更严重。他脱下外套捂住鼻子,冲进房内,打开改线闸,止住了喷射的油气。可从房里出来,他就像刚从油池中钻出来一样,摇晃着走了几步,就重重跌倒在一堆铁疙瘩上,把胳膊摔折了。

孟国华听了,忍不住问:"那你这是要去哪儿?"

"回单位,医院那地方能把人待疯了。"

"这车到站都晚上了,这么冷的天,你咋回?"没等回答,孟国华接着说,"我们井队离车站不远,你先到我那对付一宿,明天再走。"

"也好,天下石油人是一家嘛!"陈小兵脸上露出憨憨的笑。

那天冷得出奇,但他们终究没跳进火炉子里,而是像久未逢面的老友,聊了很多。

孟国华说那会儿他们还讲起过创业初的故事。二十世纪七十年代初,两万多名解放军指战员、退役军人和来自玉门、青海、四川、江汉等油矿的石油大军从祖国的四面八方,迎着呼啸的北风、顶着烈日酷暑,浩浩荡荡跑步上陇东。参战队伍来自四面八方,在车辆运力不足的情况下,拉着架子车,背着行囊,长途跋涉。历时八天,途经两省七县,行程三百七十多公里的"跑步上陇东",成为他们创业的永恒经典。

那天窗外的冷风结实地拍打着火车窗户。远处的电杆立在黄土地上,像一把把出鞘的剑,除过这些,地上像剃头刀剃过一样干净。下车后,他们轮换挑着二百多斤重的反应釜和陶瓷加热炉,放进那间老旧的库房里。天底下的油矿库房,好像都生得一个模样,蜘蛛网在电灯泡上糊满一层,撕都撕不完,电线像蛇一样盘来盘去,汽油桶堆积在库房一角,旁边立着一排钻机钻头。

在宿舍安顿好陈小兵,孟国华要赶到井队,便冲进寒风里。

出门后,目之所及的黄土被冷风薄霜封冻,寂静得出奇,他耳蜗里回旋着陈小兵出门前说的话:"加把劲儿,兄弟!"这话很豪气,宣传口号里都说"宁可少活二十年,拼命也要拿下大油矿"。陈小兵的话,显然来得更直率。

孟国华说到这里,扼腕叹息,手关节捏得嘎巴响:"加把劲儿,兄弟!这么多年,我一刻都不敢松劲,耳边总是听见这句话。"

三

孟国华没走多远,就看见钻井台下的队长挥着小红旗,指挥大家从车上卸绞车，几十吨重的绞车顺着滚杠一点点下滑，擀面杖一般粗的棕绳被拽得嘣嘣响。他飞奔过去，脱掉裹在身上的棉衣，握住棕绳加入队伍里面。人们嘴里喷着白气，热汗升腾而起，脚抵着脚，肩贴着肩，一步一动。他前面的人，脚上的翻毛皮鞋都蹬开了线，像狗嘴一样龇着牙。那时候虽然岁月艰辛，但大伙儿干起活儿来心里充实。他抬头望了一眼夜空，星空唰地亮了许多，感觉笼罩在心头的迷雾被驱散了不少。

那时地质勘探像厚重的迷雾，萦绕在他的心头。世上最令人沮丧的事，莫过于明知道脚下埋着宝藏，却对它无计可施。有位名叫杰里·麦凯布的地质学博士，说我国西部油矿的地质储油构造像一个盛满了石油的大盘子，一不小心失手落地，摔成了无数碎片，接着又被人踢了一脚，于是这些碎片便被踢到了高山沙漠。他脚下的油矿便是其中的一小块。

他扎进实验室，幻想着用新设备，在煤成气开发研究上大显身手。实验室采集的岩样在他眼里是孕育油气的母体，藏着地层几亿年前的秘密。

工作了一夜，大概是凌晨时分，井队有人号叫着从窗前跑过去，惊慌失措的样子。孟国华从实验室出来，扶着门框张望，夜空黑魆魆的，什么都看不清，只有星星闪着微光。直到他回头看宿舍的方向，才看到滚滚黑烟包裹着火光冲天而上。

他跟着人们飞奔，离着火的地方越来越近，那个可怕的念头像迎面而来的热气一样,直冲脑门。孟国华气喘吁吁地赶到时,看到旧库房发出噼里啪啦的爆裂声,气味熏得人透不过气。

事后,据井队的人回忆,那天后半夜,山里的村民盯上了闪烁着亮光的井队。几个黑影像幽灵一般出现在铁皮房东边,准备偷盗钻机钻头。陈小兵听到钻头的声音,一个箭步跑到门外,看到满地的设备被拉得狼藉一片,便大声制止。可暴戾之徒看到他单枪匹马一个人,并没有畏缩,而是走上前冷笑着说:"额们拿公家的东西,又没有拿你家的,你咬着不放咋呀?"

"说得轻巧。"陈小兵指着歹徒喊,"你们想干什么?"

"不收拾你,你就不知道狼是个麻的。"歹徒边骂边向他逼近,拳脚如疾风暴雨,落在他的头上、脸上、胸脯上,一下把他打倒在地。他们扬长而去前,无意间把手里的烟头丢到了墙角。没想到就是这个星星之火,造成了灾难性的后果。库房里的汽油桶被钻机钻头撞翻了。他们离开不大一会儿,库房就燃起了大火。

借着火光,孟国华看清在库房门口,有人用一只手把反应釜和陶瓷加热炉往外拉。他心跳骤然加快,大喊:"陈小兵,快回来!"

陈小兵蓬头垢面,拖着陶瓷加热炉,挪了几步,便跌坐在地上。

孟国华喊着，拔腿往里面冲，可被前面的人拦住了。大火烤得人到不了跟前，所有人和孟国华一样，急得跟无头苍蝇似的，睁着惊恐的眼睛看着火舌向外喷涌。他像条烧着尾巴的狗，四处乱窜，又喊着："那东西比命还重！"

这时，更大的爆炸声响起。陈小兵拼命把设备往前推，身子往前爬，可腿似乎被倒下来的什么东西压住了，只能在原地打转。熊熊翻腾的火焰把漆黑的山野都燎红了。紧接着，他看到陈小兵的头着了起来，身体痛苦地蜷缩成一团。

孟国华说在石油流淌过的岁月里，他一直回想着因一块牛肉带来的温情，与一位英雄在火车上的相遇，但人和人的相遇，又意味着什么呢？他眼神发愣喃喃地自语，取出一支芙蓉王放在嘴唇间，却忘了把它点燃。

"你文笔好，请把这个事写出来，这是我的心愿。"他浓密的睫毛下眼神灰暗，语调伤感，"我们这茬人都快要退了，听人说，一个人真的离去，不是因为辞世了，而是世上的人都忘了他。"

对于这样的嘱托，我怎么能不答应呢？这件事把我拉回到曾经的岁月，恍惚间看到初到油矿的自己，手持白菊胸戴白花站在暴雨前的英模亭，看搬家的蚂蚁。那天秋风薄凉，加之夕阳昏黄，暴雨将至，蚂蚁们丝毫没有慌乱，它们举着比自己身体重好几倍的东西，在山间穿行。那一刻我突然觉得，山里的生命卑微，却活得庄严，让人心生敬意。

石油一家人

一

　　客厅里轻烟缭绕，茶几上的烟缸里塞满烟蒂。烟在田国庆指间燃烧，烧出的灰渐长渐弯，终于撑不住，掉落在茶几上。他被惊醒，同时另一只手摸过烟盒，抽出一支点上，又吸了一口。

　　田国庆这次从油矿回到石油城，是为了儿子中考的事。前一天夜里，他在床上烙饼似的翻腾，儿子的班主任让家长和孩子写信，还要当众读出来。单位上讲话，他用的都是大白话，说起来一点儿不磕巴，说完大伙还嗷嗷叫着往前冲，现在给孩子用公开信说心里话，这是赶鸭子上架。信写得艰难，他句句斟酌，花去了大半夜时间。田国庆上班后，有好多年都没有走进教室了。家长被安排在课桌周围的塑料方凳子上，他坐的位置正对着窗户，一阵风从教室敞开的窗户吹进来，带着潮湿的气息。外面的云压得低，都要盖在教学楼顶上了。落在树叶上的雨滴引得儿子田雨辰时不时朝外瞥两眼。看得出来,他准备了一肚子话,像怀胎的女人般坐不安宁。他不知道儿子是怎么写的,随着时间的推移,心里生出一丝好奇。前面的孩子,信写得诚恳,写法大致属于一个路数,诸如发奋学习,不辜负父母的关心。总算轮到雨辰了,田国庆没来由地吸了口气,手慢慢握紧了。儿子站在讲台上,朝他扫了一眼,说:"这些年我一直和妈妈生活在一起,但今天,我想说下对我爸的看法。"

这样的开场白,让田国庆呆住了。原本私语交谈的家长学生,因为这句话,像按了暂停键一样静下来,雨声却突兀地"嘭嘭"打在窗外的树叶上。儿子的目光刚和他碰上,又垂下去,继续盯着手里的纸念道:

> 从我记事起,很少看到爸爸。妈妈总是哄我说,你爸很快就回来了,可从月初等到月末,从清晨盼到傍晚,还是没有他的影子。我的爸爸是电话里断断续续的声音,是家长会上从没有出席过的陌生人;我过生日了,没有他的蛋糕……

"轰隆"——窗外传来一阵雷声,田国庆心里也炸了雷。大家伙纷纷望向他,仿佛一束一束舞台追光烤着他。

儿子念完后,轮到家长读信了,他机械地站起来,默默告诫自己要镇静,手里的那个信不能再念了,但说什么呢,从脑子里搜刮过去,白茫茫一片。他和儿子的这种别扭,是从什么时候开始的呢?细想一下,孩子十五岁,他们待在一起的时间,加起来也不到两年。让他没想到的是,这种时间的缺席,让父子间竖起来一块透明的玻璃,让你看得清楚,却触摸不到孩子的内心。现在,既然玻璃被打破了,他就想说说心里话:"雨辰,爸爸对不起你。但有你和妈妈,是我最大的幸福。我希望你好好学习,不要因为别的事分心。"

他说的是实话,但实话也没有全部说出来,有些话说了也是负担。孩子们又回头看雨辰,雨辰盯着窗外,忽然转头盯着爸爸说:"你要是多关心我们一点点,我妈会生那么重的病吗?"

田国庆脸黑得和窗外的云一样。至于他们的关系别扭的起因,一点一点往前捋,他都想不出是什么,就像乱麻纠缠一团找不到头儿。那个记忆里浑身奶香的小男孩儿,好像就在昨天。现在个头一米七的雨辰,两道眉毛紧拧,这叫田国庆心头一紧。他走到儿子面前,喊:"你翅膀硬了是不是?老师平常就是这样教育你的吗!"

老师站在讲台上喊:"田雨辰,他是你爸爸!"

雨辰说:"是老子就能随便骂人?"

爸爸喊:"你这是找打!"

"你打一个试试!打啊!"雨辰像狂怒的公牛,呼呼喘着粗气。

雨辰的泪水一点点溢出,他却倔强地用力张大眼睛含住,在那两颗大泪滴落下来之前,便抽身离去。老师的脸沉了下来,让同学出去劝劝雨辰,又把田国庆叫到了办公室。

"今天把家长们请来,是为了消除矛盾的,看来家长会是开不成了。"老师接着说,"孩子考试压力大,都是青春期闹的。"

当着老师还有其他家长的面,正当盛年的父亲觉得这样下去,胜负未见分晓,结果已定。那会儿他也冷静下来,便检讨说:"我确实不是称职的父亲,给孩子的陪伴太少了!"

"我理解石油家庭的难处,我也是油三代。"女老师的嘴唇一上一下,"石油家庭的现状,孩子现在还没法完全理解!"

风吹得办公桌上的作业本哗啦啦作响,也吹得他浑身一抖。多年后,当田国庆在一个个不眠之夜理解这个道理时,才明白老师之所以有办法管住孩子,是因为她了解孩子,孩子需要的不是道理,而是理解。

二

雨后的夕阳余晖,金汤一样洒在餐桌上时,秦爱云和雨辰在餐桌前吃饭。家门刚被推开,田国庆的脸还没露出来,儿子却拉开凳子一下消失了。待他进来,妻子秦爱云连招呼都没有打,起身走进厨房盛饭。

"你吃你的,我没胃口。"田国庆一屁股坐在椅子上。

秦爱云看着他脸色难看,忍住没吭声。

田国庆随即又说:"初三想冲得上去,就不能像平时一样吊儿郎当!"

妻子仍没吭声。他却是没完没了,直让秦爱云忍无可忍,甩出一句:"你对他除了挑毛病,还能干什么!"

田国庆的心情糟透了,对秦爱云的背影道:"你看看儿子!你看看!"

"孩子从小到大,你跟他一块儿才待了多长时间?你对他一无所知!"秦爱云清楚,丈夫对儿子百般挑剔,是因为雨辰的冷淡。

"说话要实事求是啊。"

"那说说你了解些什么?他有什么爱好?有哪些朋友?"

田国庆一个都答不出来。

"你没时间管儿子,我不强求,但请不要伤害他。"秦爱云气呼呼地说。

"我怎么伤害他了!"

"儿子中考在即,你一句鼓励的话没有,在教室收拾儿子,进家数落我俩!"

进家门时,田国庆想着平心静气,到头来又搞成了针尖对麦芒。幸亏来了电话,否则这架不知得吵到什么时候。秦爱云也担心,他们的吵架让儿子分心。因此电话一响,他们默契地步调一致，同时收声了。

接电话的田国庆，屈背弓腰站在那里。秦爱云能读出，这是在接领导的电话。当石油职工家属这么多年，她了解油矿一线工作意味着什么，一个基层单位，看着只有几百号人，有几万台机器在山里运转。但哪个人哪台机器都得想到，容不得半点懈怠。田国庆在石油前线工作，整月都顾不上家，时间都放在工作上，孩子却是一天天地长大，他错过了儿子的成长。看着丈夫挂了电话，她说："做家长也需要能力，和你当领导一样。"说着从厨房端出来还温热的饭菜，摆在桌子上。

田国庆嘴里嚼着饭，但不知其味。秦爱云无声叹息，端着另一碟菜，走进了儿子卧室。门敞开后，空气得以对流，风吹进卧室，扯得桌上的书本沙沙响。

雨辰小声说："妈，从小到大，你打我都无所谓，我觉着你有这个权利。他错在不该当着同学的面骂我。"

秦爱云难过万分，丈夫回来看孩子，第一次开家长会，本是好意，可惜是好心帮倒忙。事情弄得一团糟，现在说什么都来不及了，只能安慰道："你爸心里头还是关心你的！"

"你老这样说！心里头，我根本感觉不到！"

"你爸忙，没时间！他这次专门是为你中考请假回来的。"

"妈，你当我是三岁的小孩啊！"雨辰从椅子上站起来说，"我做的努力他看不见，就知道给我挑刺。"

妈妈自己都不知说些什么,尽管她所言句句属实,眼下怎么说都像是假的,怎么说都像和稀泥的话,她便转移话题:"明天想吃什么?"

　　"不吃,气都气饱了。"儿子转头大声对着门外喊,"我是他儿子,不是他下属。"

　　秦爱云哑然。田国庆听了这话想,之所以针尖对麦芒,不是他控制不住自己的情绪,而是看到儿子成了温室里的花朵,恨铁不成钢。

三

　　现在田国庆还能想起来,转战毛乌素沙漠的油矿时,笑得嘴角咧到耳朵根子的事是秦爱云生了一个七斤的胖小子。儿子一落地,乐得他大着嗓门喊:"我家的油三代出生啦!"伴着还萦绕在耳边的啼哭声,他已经带着工人杀入新的油矿,开始了一场新的开掘。在漫天黄沙中的工作间隙,他有了对家的牵挂,会想起妻子和儿子,这在以前是从未有过的事。

　　认识秦爱云那年,他还在办公室里当干事。那时秦爱云是基层的通讯员,身形苗条,走路看人时,修长的脖颈微微后仰。田国庆见到女孩儿时,她因为一份报告正被领导数落得蔫头耷脑。那些报告总结在田国庆眼里是小事一桩。看到女孩被数落,男人的保护欲被激发出来,眼看着她即将从视线里消失，田国庆赶了过去指着她手里的材料说："那个，我给你收拾一下吧！"秦爱云没想到他说的"收拾一下"，是把报告从头到尾改一遍。

田国庆帮她改完报告后，她就开始关注起这个热心的男人。阳光里微尘飘浮，秦爱云坐在办公室的电脑前发呆。电脑上的那个企鹅图标，静静趴在屏幕右下角，没有一丝动静。田国庆好几天没有音信，她苦恼忐忑，吃起饭来也索然无味。田国庆刚开始引起她注意的是外表，跟人打听后得知，他是那批人里最优秀的。过了两个月吧，他们有了第一次约会，地点选在单位附近的柳树湾里。那里的柳树，有的枯皮斑驳，像倔强的老头儿雕塑，有的匍匐盘旋，似龙蛇狂舞。阳光透过树枝的缝隙射下来，给秦爱云的白裙子镀上了一层金光，衬托得她更美了。秦爱云长得漂亮，用山里的植物做比，像山丹丹，主打耐看。

"什么事？"秦爱云笑吟吟看着他，瞳仁水波般在眼里荡漾。

田国庆对着直射过来的目光，感觉脸上开始发烫，便咳了一声，张开嘴，没好意思说。又张开嘴，又闭上了，一张一合像在说哑语。

秦爱云忍不住又笑了。那天田国庆给她细细讲了陕北的砍头柳。那是让她感动的一种树木，柳树被砍掉主干后，只剩下两米左右高的树桩，巨大的伤疤述说着岁月里的艰难。

第一眼看到那种树时，一种不屈的感觉撞击她的胸膛，苍凉中又彰显着生命的张力，像不屈的石油人。柳树林的许多枝干倒伏在地上，形成一个拱形，头上长满绿枝，巍然屹立。不知何时，她把一只手递过去，他赶紧接住。他触碰到她柔若无骨的细手，不由得一阵冲动。夕阳映照下，秦爱云脸亮得晃眼。在山里遇到一个称心的女孩不容易，他握住那双手后，就再也没松开过。

结婚对于秦爱云来说，心里除了甜蜜，更多的是踏实，如同小鸟找到了赖以栖身的砍头柳。婚期将至，还没有属于他们的一间新房，所以也无须置办家具，无须购买锅碗瓢盆，只用静静地等待着做新娘的那一天。那时候田国庆忙得脚不着地，只能参加单位组织的职工集体婚礼。一个月的婚假结束，生活很快恢复了原样，他俩又开始了单身生活，她住在一个三人间的宿舍，他就在办公室"栖身"。

没想到，婚后半年她就怀孕了。她也犹豫着要不要这个孩子，但结果明镜似的摆在那里，怀孕对于长年分居的他们实属不易。做出决定后，秦爱云想，孕期不过九个月，挺一挺就过去了。所以从有妊娠反应到孩子出生，她坚持上班没请过假。她在工作岗位上，剧烈呕吐，腆着大肚子奔波的身影，给同事留下了深刻印象。她工作分外努力，直到分娩前一个周，才回到家里。在那之前，他俩在石油城买了二手房，房子虽然小了些，但她终于有了属于自己的家，也值得让她精心布置，挂上落地窗帘，置办婴儿床，等待孩子的降临。

最后一次去医院产检，本来是十一月份的预产期，因为孩子脐带绕颈，再加上羊水不足，医生决定立即手术。当时的情况刻不容缓，她站在医院走廊上给田国庆打电话，他听到后除了安慰，只能在电话那端陪她一起叹息。手术后，她只身躺在职工医院安排在楼道的加床上。那是二十世纪九十年代建的老医院，医院的走廊阴冷潮湿，产科的楼道和病房挤得满满当当。她和别人的区别在于没人陪护，手术前她让田国庆尽快赶回来，产后比产前更需要人。可一场暴雪过后山里封了路，丈夫赶来时孩子已经出生了。父母公婆远在异省。楼道不时袭来的冷风让人无法适应，这也让她月子里落下了痛入骨髓的风湿病。田国庆二十天的护理假结束后，人瘦了一圈，说伺候月子比干工作还累。那时他已经从办公室调到基层队，成了一名小队长。他说带队伍起码能睡囫囵觉，月子里他得夜夜爬起来换尿布。上班前，他准备了一堆必需品，心中还有千般不放心，一件小事嘱咐好几遍，抱着儿子亲完，又亲妻子。

秦爱云听到丈夫下楼的脚步声，泪水夺眶涌出。从分娩腹痛开始，近一个月，她没怎么睡过，走路都有些发飘。先是侧切的刀口痛，回到家才发现落下了风湿病，一堆始料不及的事像山一样压得她喘不过气来。育儿百科书上说，婴儿应该单睡，不仅卫生也利于独立习惯的养成。她按事先想好

111

的，让孩子睡婴儿床，但孩子饿了，自己溢奶了，轮番交替，就是身体结实的健康人也得被这种近乎不眠不休的劳作累弯了腰，何况身体虚弱的她。儿子吃奶使劲儿吸吮，乳头被吮得皲裂，火辣辣地痛。这期间，一起上班的同事来看她，孩子刚睡熟，砂锅咕嘟嘟飘着熬猪蹄的香气。她们提着果篮牛奶进门，热情地问："当了妈妈很幸福吧？"她心中焦虑着奶水的减少、婴儿的便秘，但面对好姐妹，却只是微笑点头，一字不提。

孩子成了秦爱云的贴心小棉袄，也成了卸不下的一副担子。雨辰性格腼腆，有次幼儿园吃红烧肉，小朋友每人分两块，晚上从幼儿园把孩子接出来，儿子把小手伸进上衣口袋，掏出藏在里头的一块肉说："妈妈吃肉。"那时他把"肉"还叫成"又"。晚上儿子睡熟后，她把衣服仔细搓了好久，也没能把小衬衫口袋的油渍洗掉。感冒发烧，别的小朋友吃点药就好了，雨辰动辄发展成支气管肺炎。那些年里，她终于大彻大悟，女人只要有了孩子，这辈子就算被套上了。孩子，似乎是他家的一道分水岭。眼看着到了上班时间，她一拖再拖，最后一咬牙买断工龄退休了。

石油城的人家，都格外珍惜休假团聚的日子。丈夫休假回到基地，秦爱云一般会做一桌可口的饭菜。饭桌上，田国庆会提起工作的情况，夸一夸妻子的手艺。他说这些时，秦爱云附和一两声，手里不停地为孩子夹菜。此时的温暖和幸福，是一家人难得的美好时光。能有今天的幸福生活，田国庆把功劳都记在了秦爱云的账上，要是没有妻子提前办理内退保全大后方的安宁，就不会有他工作上的成绩，他就不会升任科长。

四

初三的关键时刻，田国庆觉得还是有必要跟孩子平心静气地谈一谈，不能让孩子任性下去。而且，在与儿子的频繁接触和连续交锋下，他明显感觉到儿子长大了。这是他从心里高兴的，希望儿子真懂事了，而不是仗着青春有恃无恐。

田国庆吃完饭直奔儿子房间。房间门照例关着，他扭开门一推，迎面吹过来一股子饭味儿，吃过的碗摆在桌子一角，他那股火又冒了起来："你中考时间紧，可端个碗能用几分钟？这都等着大人端，你就是给惯坏了。"

不料，还没等他说完话，雨辰身体往椅子背上一靠，笔往桌子上一扔说："你除了训我，还能干什么！"

田国庆说："我想好好和你谈谈。"

雨辰坐得尽可能离爸爸远些，他不想在爸爸面前多待一分钟。

田国庆平和地说："咱们说正事，考上重点高中，你有没有信心？"

雨辰直视他轻笑道："我决定，不上高中了。"

他没想到这一出，便喊起来："不上高中，那你干什么？"

"能干什么就干什么，上石油技校总行吧！总之，不受你的管教就是了。"

田国庆平缓了口气，问："你对石油了解多少？"

雨辰回了句"就是很辛苦"便卡住说不下去了。爸爸不想为难他，这也是这次谈话的目的，他点点头道："不错，辛苦是肯定的。但这只是表面的，除了这些还需要知识，需要保护好自己。"

"怎么见得我就保护不了自己？"

"基于我对你的了解，你受不了委屈，经不起挫折。"

雨辰粗鲁地打断父亲的话："我在你眼里头，一无是处。"

田国庆径自说："开采石油很危险，远的不说，前不久单位里就刚出了事。"

"这个我听妈妈提过！"

"提过？两死一伤，都是学徒娃，惨得没法说。"

看到雨辰微微一震，田国庆说："这是石油人必须要面对的，你能行吗？"

雨辰身体挺得笔直，一时间找不到适合的话说，便一仰下颌："你能做到的，我也可以。"

秦爱云在厨房听到这对冤家又开始争吵，着急地朝屋里走："不是说好了，有什么话，中考完了说？"

"你儿子说他不上高中了,还谈什么啊!"

这时放在客厅的电话又响起来,田国庆抽身去接电话。

"老妈,我的成绩一般,你咋没像我爸那样,一个劲儿地唠叨。"

"中考是人生中重要的考试,但绝非是决定人生成败的考试。在你以后的人生路上,还会有许许多多的考试在等着你。所以,你大可不必紧张兮兮的。"

"那我应该怎么办啊?"

"你应该和以前一样,做力所能及的事。"

雨辰的眼睛亮了一下。

"妈妈还要告诉你,路迟早有一天要自己走的。小升初时,妈妈让你一个人乘公交车去考场,现在肯定也不例外。拥有一个健康的心态才最重要。"

田国庆匆匆挂了电话,走进房间。爸爸一进门,雨辰收拾了桌上的书本,抱起篮球边往外走边说:"我不考高中,这不是赌气,我想了很久。"

雨辰声音沉沉的,但这种从未有过的语调让秦爱云陌生,她凝视着儿子,依然是那双眼睛,和他父亲一样地倔强。"你不能这么任性!"这声音高亢尖锐突兀,雨辰吓了一大跳。

看到秦爱云额头的血管渐渐充盈,田国庆头皮开始发麻,他伸手握住妻子的双肩,她真瘦啊,肩膀薄成了两片。他知道在家里,单位的那套令行禁止是行不通的,便诚恳地

115

说:"孩子的事情上,我有很多问题……"

"够了!别说这些车轱辘话,现在不是论是非对错的时候!"秦爱云烦透了,手一摆打断了他的话,努力保持声音轻柔,"十几年了,我的全部精力都用在了这个家和你们俩身上。雨辰上不上高中,不是他个人的事,也是我的事!"这番话她藏在心里头一直没说。本来还想说为他辞掉的工作,没敢提,再说多了她情绪会再度失控。

田国庆却坚持说下去:"但他是个男孩,受不得委屈,吃不得苦,以后还怎么办?现在敲打一下,对他来说不是坏事。"

"敲打?敲打什么啊?"

田国庆顿了顿,说:"我觉得他需要到油矿锻炼一下,又觉得那里不适合他!"

秦爱云明白了,嘴角耷拉下来:"说来说去,你还是想把他送到油矿上。"

"油矿有什么不好?咱们不都吃的这碗饭嘛!"

雨辰诧异地抬头,盯着爸爸说:"我能对自己负责!"

夫妻不约而同对望,最后还是田国庆开口:"油矿上一帮清一色的小伙子,从早到晚,除了工作就是工作,连打篮球的地方都没有,这苦你能吃得下?"

"爸妈,我身体里流的也是油二代的血!"他说完躲开爸妈直视的眼神,抱着篮球出了门。

如愿以偿的滋味真好，那一刻雨辰觉得自己太潇洒了，他在心里已经做了一个抉择。他运球上篮，右臂高举过头，手腕一抖，篮球画出一道弧线，"唰"地穿入篮筐。站在篮筐下，夕阳把他的影子拉得像个巨人。

秦爱云听出了儿子的意图，忽然觉得身体发软。她把自己的希望都押到儿子身上，却落得个梦幻泡影。漫天晚霞，像红色的帷幕一样落在天边，一群信鸽呼啦啦地侵入她的眼底。她收回目光，自语般道："儿子长大了，我管不住了！"

田国庆从兜里摸出烟盒，一捏是空的，便来到客厅，拉开抽屉，抽屉里也没烟。拉开冰箱的门，那里面冷藏着一条烟。秦爱云劝了他好几年，让他把烟戒了，对身体不好。他说："当初要不是它，根本没办法缓解油矿的艰苦。"他窸窸窣窣拆开一包烟，点上一支吸着。窗外的花开得娇艳，他视而不见。一股青烟由口鼻喷出，轻盈上升着扩散消融，未等融于无形，又冒出一股青烟。他轻轻拍着妻子说："现在的情况，只要你能挺过去，他就能挺过去。"

秦爱云倚在窗子边，想起石油城里的那句老话：石油人家的孩子，看着生在福窝里，说到底也是恓惶的娃儿。这话能传下来，自有它的道理。她想起来，当年母亲的眼神，或许和现在她看儿子一样吧。这油城的子弟，长大了都要离开家。只不过以前离开家是暂时的，以后离开家是长久的，再回来是暂时的。心里这样想着，眼泪就哗哗地流出来了。

黑　金

一

陈海峰冲进太平间，看到拉出的冰柜里陶小龙那张毫无血色的脸，瞬间觉得自己的头发竖起来，五雷轰顶一般。

真的有雷，太平间外的雷如战鼓，雨如箭，以合围之势侵略油矿的每寸土地。这场从未见过的大雨好像预谋已久，落在陶小龙被碾轧之前。陈海峰逐渐适应了昏暗的光线，才看清太平间里安置着的三面大冰柜，冰柜分了几层抽屉。每个抽屉恒温冷冻，像存放尸体的棺材。他腿一软跌倒在地板上，心里的悲伤像一包黄连汁，被摔破了。

从城市走进矿山，他像油矿觅食的山鸡一样刨食，为了每个月的几千块钱，刨得两爪子的血。说到底，他们只是庞大的石油肌体里的一枚造血干细胞，采油输油保卫油。原油交易所的期货曲线怎样崩跌，城市的霓虹灯如何暧昧闪烁，丝毫不影响他们苦里寻乐的山中岁月。但这次不同，天降暴雨时，一辆偷油罐车从正在执勤的陶小龙身上轧过去了。

得知噩耗前，陈海峰正在矿长办公室，为工作调动的事憋闷着。矿长贺建功开门见山，让他不要藏着掖着，把话说开。他熟悉这位油矿领导的脾气，便直截了当说明了情况。

"真想去？"贺建功头发花白，慈眉善目，怎么看都有几分亲切，问完又接了句，"干得不舒心？"

回想这几年，一步一个台阶，像爬泰山一样到队长的位置，身体透支成筛子，体检表上的健康指数如同白纸上大大小小的窟窿。陈海峰忙把调动申请书递到办公桌上，说："矿长，我不是撂挑子当逃兵，就想换个岗位，要不家和身体，都得垮了！"

"去了干什么？鸡头凤尾，你分不清？"贺建功把手里的茶杯重重压在申请书上，点了根烟，"再说，你走了，保安大队那帮小子谁收拾得住？"

陈海峰的脸黑里透红，那是四季穿梭在山间的风，刀子一样刻在脸上的印记。他没接上话，咽了口唾沫，歪着头酝酿着措辞，看到挂在墙上的时钟刚刚指到三点钟。大风扯着树枝，拍打着窗户，一道闪电在窗前划开。他转身去关窗户，锈迹斑斑的窗户轨道滑起来吃力费劲。口袋里的手机急躁地响起，等把窗户关严实，半个袖子已经湿透了。手机对于别人来说是个通信工具，但对他来说，是施了魔法的山芋，一天到晚接得发烫。这一个个电话，也把他绷成紧紧的弓。箭在弦上，随时发射。接通电话，那边嘈杂的声音从听筒传来："队长，陶小龙让偷油车轧了！"

三点十一，只用了十一分钟，陈海峰把自己从矿长办公室发射到了保安大队。迎面跑来的队员抹了把脸上的雨水，慌慌张张做了一番陈述："陶小龙带着他们巡查卡子站，对一辆双桥罐车例行检查，发现车里面暗藏着一个小油罐，决定把车扣押。黄头发的司机说雨天路况不好，让放他把车开回。陶小龙押着黄毛司机上了罐车，没想到车开起来后越来越快。队员发觉不对劲，一路追上去，在前面转弯处看见陶小龙倒在地上，已经昏迷不醒，罐车却不见了踪影。"

狂风斜雨把队员浇成落汤鸡。陶小龙被几个人抱在怀里，脸色惨白，嘴唇发紫，右手边的手机旁，掉落着一把管钳。陈海峰嘶吼着："还不紧不慢啊，赶快送医院！"

抱着陶小龙冲进医院，他一脚踹开门高声喊救命。脚下一滑，一个趔趄，疼了几天的腰碰在弹回来的门把手上，引来医生护士一阵侧目。值班医生翻了翻陶小龙的眼皮，检查了脉搏，说："赶快，抢救室！"医生在手术室厚重的铁门里进进出出，纷乱的脚步好像踩在他心尖上。许久，一位医生出来说，病人情况危急，胸腔内大出血，快通知家属吧！他心里咯噔一下，跌跌撞撞坐到过道椅子上，感觉双腿灌了铅一般。他搓着晒脱皮的脸颊，把情况向贺建功做了汇报。

从常年不见阳光的太平间出来，他感觉衣服里弥漫着消毒水和若隐若现的霉味。开车直奔贺建功办公室，雨倾泻在挡风玻璃上噼噼啪啪，很像打在他心上。和昨天不同，办公室里黑压压坐了半屋子人，除了油矿的几个重要部门负责人，县公安局的中队长李栋也坐在贺建功旁边，闷着头咬着烟，吞云吐雾。恍惚着进门后，陈海峰背书般把事情经过又说了一遍。

"发生这样的事，我怎么向矿上的三千职工交代？"贺建功一拳砸在桌子上。

"局里把这案子列为6·16督办案件！该查的查！该关的关！"李栋狠狠地把烟头揉灭在白色烟灰缸里，飘起一缕青烟。

贺建功让陈海峰配合公安局，把事情查个水落石出。具体怎么执行，他又说了几点。陈海峰看着记在本子上的几行关键字，也算明白了。调查时内紧外松，把握分寸，这让他的心，忽然疼了一下。企地关系很微妙，这种分寸像头顶悬着一把利剑，稍微把握不好火候，就落下一个"屎壳郎跳高"的悲情演绎。

想当初，陈海峰答应到保安大队，觉得油矿保卫和警察贴得紧，风霜雪雨搏激流，但真到了这里，才觉得自己太天真了。他当兵复员后，分配到铁角城油矿。复员时转回来的那份档案写着，七年的锤炼，让他在擒拿格斗比武中拿过名次，立过一次三等功。也是在这间办公室，贺建功第一次找他谈话，说铁角城油矿眼下缺人，你来了能发挥作用。陈海峰心里有些抵触，说："我行伍出身，当个采油工不是本末倒置吗？"他本来想说戎马半生当个采油工屈才，话到嘴边转了几圈又咽回去了。脱下了那套迷彩装，从绿色军营告别时，排长搂着他的肩说："回去把性子收一收。"他记住了这句话。没想到贺建功说："你到新组建的保安大队报到，那个岗位适合你。"他勉强答应了。

铁角城是个黑金王国，油矿上的两千个油井像一个个深窟窿，钻透了地下的油层，没日没夜地从这具身体里榨取黑黢黢的原油。之所以有这么古朴的称谓，众说纷纭，只有贺建功的说法最具历史感：这个边塞小镇，有过战火的纷飞，马蹄的践踏，连天的狼烟，却始终铜墙铁壁，任金戈铁马也固若金汤。

刚开发时，铁角城还没有通电，照明都用蜡烛，只有一户人家借助微型风力发电机，点亮昏暗的灯泡。村民吃的水碱性大，洒在地上干了泛起一层白，吃了肠胃不适肚子胀。后来大规模开发后，有些人看着祖祖辈辈踩在脚下的黑金，被树林一样立在山里的抽油机采出来，便开始了靠山吃山的营生。有偷油的，就有收油的，出了事还有负责摆平的，一个利益链就这样滋生出来。

皮卡车朝山里走五六十公里，便深入了油矿腹地。眼前的一道道山梁，如盘踞的巨蟒，横卧在李栋面前。保安大队的兄弟们经常自嘲：黄黄的山梁，荒荒的峁，四季刮风吹人跑。隔山能说话，见面走一天。

案发现场的山头，一丛白花贴着地面灿然怒放。几孔废弃窑洞像吃人的口，不时有灰色野鸽子飞进去。陈海峰把案情现场还原了一番。

李栋拍了几张取证照片，说："现场没什么有价值的痕迹了。"

"下了一夜雨嘛！"陈海峰管不住自己的嘴插了一句。

这话对于天天办案的李栋来说，相当于一句废话："你这么厉害，该叫你福尔摩斯侦探！"

陈海峰听出了这句话的味道，还是觍着脸笑，"我就是个抓油耗子的，这案子还得靠李队啊！"

一群山羊窝在对面的太阳坡叫唤，放羊老汉躺在羊群里，用草帽遮住太阳。悠扬的信天游从草帽下嘶哑地飘出来："瞭得见那村村，瞭不见得人，我泪蛋蛋抛在，沙蒿蒿林。"

来到陶小龙宿舍，"啪"地打开灯。一阵窸窸窣窣的声音，黝黑的大老鼠顺着架子床溜到墙角，一下子就没影了。陈海峰对这些早就习以为常。被老鼠疯狂扫荡过的黄色鸡蛋液和蔬菜挂面，像没下锅的西红柿挂面配餐搁在床铺上。床对面的桌子上放着一台电磁炉，炉上是一只黑炒锅，旁边搁着一捆大葱。他想起陶小龙夜巡时就着干馒头，也能把一根白葱吃下肚子里。对于这位兄弟来说，他把自己永远留在了这里，这宿舍里的桌子床板，都与他长眠在一起了。在贴着墙边的床头缝里，陈海峰找到一根皱巴巴的烟，烟丝已经干得不像话。点着抽了一口，辣得他眼泪又流出来不少。

矿区成立保安大队，让陈海峰带着几个队员设卡维持生产秩序。那时他们就挤在这排狭小的简易板房里，上厕所要找个山洼地解决，打电话得爬到山顶找信号。他想起有天夜里，陶小龙睡得迷迷糊糊起床撒尿，贴着山坡的风把尿刮了一身，他回来说外面的雨真大。第二天兄弟们看着干涸的地面，笑着问昨晚下的什么雨？他眯着眼睛望了望头顶明晃晃的太阳，说这地方太他妈邪乎了。

陈海峰把烟立在窗台的相框前，相框里陶小龙眯着的那双小眼睛，似乎还在思考着那个世纪难题。李栋走到照片前，前后绕臂，额头上挂着汗珠子。这是他的习惯，据说能减轻胳膊上的旧伤带来的疼痛。

"最近局里人手紧，这次调查得你们协助。"李栋说着，把相框里的照片取出来，"当事人的手机和这张照片得带回去查查线索。"

宿舍门口那台老式发电机依然震得人耳朵嗡嗡乱响。陈海峰盯着李栋，沉默了一会儿。嘴上答应了，心里却不免打鼓。凭着他能想到的状况，以前抓的都是弄油换零花钱的小贼，这次碰上的无疑是亡命徒。

顺着李栋的目光看出去，窗外的黑云压着山顶，厚重得像要掉下来，一声雷从远处呼啸而来。

二

　　一辆大屁股皮卡车拖着泥水停到人群面前。车里的人扶着车门跳上车厢，健壮的身体在夕阳下映出一个剪影。夕阳落在抽油机的油杆上，机头上下扭动，好似一口一口撕咬着那轮残阳。

　　陈海峰明显感觉到，像有只狼混迹到羊群中，嘈杂的人群浮动出异样的味道。

　　打电话请村主任铁大山到来前，陈海峰收到两张照片，一段语音，说井场被偷了。等他们赶到井场，偷油的人逃之夭夭，只剩下被绑在板房里的看井工哭丧着脸坐在地上。十几个人聚集在井场下，横七竖八将几辆车横在路中央。他们以原油泄漏污染农田为由，要钱赔偿，叫喊谩骂声一片。路是油区的主干线，进进出出的车都从这条华山道经过。路水泄不通，原油运输眼看着要陷入瘫痪，大小车焦躁地按着喇叭。

　　说话前，铁大山重重地咳嗽了两声："油矿是咱的衣食父母，你们堵在这里是猪油蒙了心啊！"

　　"油把我家的田染黑了。地下的水里漂浮着油花花，抽出来用瓢撇了油，搁两三天才敢给羊吃。"有人喊着话，让安静下来的人群又骚动起来，"村主任得给我们做主啊！"

　　"以前咱们过的穷日子，现在日子过好了，靠的是啥，你们看不到?"铁大山把手一挥,接着说,"赔偿也要放到桌面上谈,都散了吧,散了!"

人群像初春的冰,慢慢化开。凝重的空气这才有些放缓。陈海峰有种错觉,这辆大屁股皮卡车像演讲席,眼前的人刚刚在上面做完了一场简短演讲。

铁大山跳下车,接住陈海峰递过来的烟:"看着油机不停地转,感觉是从我们的心脏里抽血啊。"

在铁角城,村主任铁大山说话分量重,陈海峰说:"大家的日子也过好了嘛!"

铁大山抽了口烟,没接这话。转了个话头说:"污染了还得要赔啊。"

陈海峰自知理亏:"赔,得赔!"

这里的油井密度大,地下铺设的管道有一万多公里。陈海峰布置了一张大网,几十名队员在这些油井管道附近埋伏蹲守。第二天夜里,在一一四井场外查获了一辆桑塔纳,从后备厢抬出盗窃的一袋袋原油。车上的人在遭遇巡逻队员时嚣张拒捕,被队员用警棍制服。审讯快结束时,陈海峰漫不经心地问:"知不知道陶小龙的案子?"

那人用手揉着头上的绷带,说:"巧了陈队,我前几天听人说起过这事,那辆罐车停在砖瓦厂里。那里看着是个砖瓦窑,其实是个收油点。"

陈海峰心头一震,凑到那人眼前问:"你知道谁轧的?"

绷带头摇得拨浪鼓一样："我这人平时没啥爱好，就好喝两口，弄几袋油换个酒钱。我这算举报有功吧，你放了我！"

陈海峰"啪"地合上笔记本："通知你家里人交罚款，领人！"

铁角城西边的骆驼山，视野开阔又便于隐蔽蹲守。雨下了又停，停了又下。缩在皮卡车里泡方便面时，坐在后座的队员说："队长，咱都出来三天了，鬼都没见着啊。"

"能把这里端掉，别说三天了，一星期都值了！"陈海峰回头瞪了一眼。

"偷油的人供出的消息，准吗？"队员嘟囔了一句。

"少废话，有力气多盯梢！"陈海峰被红烧方便面的浓汤呛得咳嗽起来。

望远镜里的这座砖瓦厂是个可疑的地方，陈海峰相信自己的直觉。

这里的八条主干道、九个卡子站，都是他徒步丈量过的。那时候的路面尘土厚，一脚踩下去脚面都淹没了。他熟悉每辆罐车装油多少方，铅封号是多少。熟悉怎么用手里的望远镜观察敌情，用后座上的夜视仪指挥作战，分头包抄。只要他站在卡子站，就能从过往的车里揪出贼眉鼠眼的偷油人。有次开表彰会时，贺建功把这种能力叫"天赋"，他知道这是眼力，也符合犯罪心理学。他也心知肚明附近偷油的人对他的评价，更多的是一句话："陈队是条好狗！"

果然，月牙挂在山坳口，一辆罐车水银一般滑进收油点，车上的人一袋一袋往下卸油，干得热火朝天。陈海峰两眼冒火，喊了声出动！开车冲进砖瓦厂。仿佛天降神兵，里面的人吓得老鼠一样逃窜。队员一拥而上，除一个黄头发的年轻人跑出去外，剩下的几个没费力气就被擒获了。那孔砖窑下面埋着一个硕大的油罐。铁角城流传着一句话：有本事的用罐车装，没有本事的才背袋袋油[①]。

顺着逃跑的背影追出来，陈海峰看到黄头发的年轻人跨过砖瓦厂新制的一排排土黄色砖坯，一跳一跳地像跨栏的兔子。他嘴角隐隐笑了，有那么一瞬间，感觉自己还跑在军营赛场上，刷新全营五千米比赛纪录。距离渐渐拉近，鼻子都能闻见散发出的原油味。一个猛扑，他紧紧抓住瘦瘦高高的青年，把对方扑倒在一辆油罐车前面。他想这次和以前一样，能轻松打败对手。这些年参加的护油行动少说也有几百次，挽回的损失有四五百万元。

倒地的小伙身体干瘦却有力气，挣扎了一下见身体动弹不得，忽然腾出一只手从皮带下面抽出一把刀。

陈海峰丝毫没有防备，眼看着迎面刺来的刀尖像吐着芯子

[①] 背袋袋油：指偷油的散户一袋油一袋油地把原油偷出来，转手卖给收购原油的。收购原油的将"袋袋油"集中后，装一罐车，拉出去卖掉。

的蛇朝喉咙咬过来，已经躲避不及。他本能地一转头，刀锋带着月光的凉气，划过脖子刺进锁骨，疼得他吸了一大口凉气。

试了几下都没爬起来，他眼睁睁看着那只反败为胜的"兔子"，以一个"西部骑士"的潇洒背影，一跳一跳消失在茫茫夜色里。空留下他和那辆忧伤的罐车，在滚滚雷声中悲切。

三

早上醒来，手术麻醉药消退后的伤口，咽口水都疼。

躺在床上翻看抖音视频，陈海峰搜索"怎么减轻手术后的疼痛"，主页自动推送的视频说：听最嗨的歌，喝最烈的酒，跳最潮的舞，打最好的石膏。这些网络语，已经脱离了原本的意思，对他这样的山里人，像精神麻药，看过后会心地一笑，会让困顿的生活有一丝快慰。他腰椎间盘突出，主页上推送的"都是腰椎间盘，你的怎么这么突出"，他笑完之后也点了赞。有句话说得形象：自从有了抖音，每天过着帝王般的生活，有人献歌献舞，有人表演才艺，朕还要挨个评阅盖红章，甚是劳累。

"帝王"正给搞笑视频评阅盖章，"皇后"请安的电话就拨了进来。电话的开头和每次开会一样，都是例行内容，诸如吃了什么，身体怎么样，夜巡忙不忙。说完这些，妻子夏婧才进入正题，问陈海峰哪天休假？

想起几天前，妻子在网上淘了两张演唱会门票，算好了他休假的时间，和他去享受二人世界。"梦游大唐的帝王"不得不穿越回现实，说："最近休不了假。"

妻子停顿了几秒："结婚三年，你陪我看过几次演唱会，去过几次电影院？"

妻子说的都是精神享受，他想起一句抖音里治愈系的诗："我陪你看过'独出前门望野田，月明荞麦花如雪'的美景呢！"

铁角城地下储藏着黑金，地上常年难得见绿意，那两个月的荞麦白雪景，好像是为了衬托一年的荒凉而存在。第一次带妻子到单位，顺着黄土高原上手掌纹一样纵横的山路，往"手掌"深处行，山梁上荞麦花开出的白雪景里，出现了一起一伏的抽油机，这是构成油矿的最小单元。

夏婧没接他的文艺腔，说："你那儿除了油就是羊，还有偷油的贼和满地的羊粪蛋！"

他就为难了，闷闷地问，那咋办？夏婧把这个问题又抛回来，让他想去。

他都可以想到，妻子挂完电话，一副"本宫今日身体抱恙，倍感不适"的模样，嘴一撇，眉头皱起，抱着沙发抱枕，吧嗒吧嗒掉眼泪。

招架不住妻子的眼泪，他给夏婧发了条微信说了受伤住院的事，并附上一个咧开嘴的笑脸。那些字太冰冷，配上表情包，证明他依旧生龙活虎。他在矿区的深山保卫石油，妻子在城里的幼儿园任教。他对妻子用尽心思，还是觉得亏欠不少。这让一米七的他，和一米六五的妻子走在一起，怎么都感觉矮那么一截。还有一些难言之隐，只是他轻易不挂在嘴上。都是饮食男女，妻子胸口淡淡的茉莉花味道，时常让他一肚子"随风潜入夜"的心思，只能落个"花自飘零水自流"的一处相思。这些动能，在身体深处慢慢集聚，成了他调走的引燃剂。

夏婧连着发来两串表情，一串是惊讶，另一串是拥抱。看到这串专属拥抱，他心里开朗，头顶乌云闪耀出一层金边一样。他记得有次"潜入夜"，妻子说一个拥抱的绿色小人仅是表情包，但一连串就代表长相厮守的爱情，是她留给他的专属表情。那时他正被她炽热的体温灼烤得快融化了，两个人几近缠绵成一体。

夏婧拨通微信视频，着急喊着说要来医院。

"哈，你就别来添乱了，也不是断胳膊断腿的事。"陈海峰得意忘形，说话都笑出了声，扯得伤口疼了一下。

"你要保护好自己！"夏婧看到视频里，自己男人的浓密头发被剃成了秃瓢，脖子上的纱布缠了一圈又一圈，忽然哭出了声，声音越来越大。

"你别太担心啦！"陈海峰平静了一些，无奈地笑了笑，"等这事过去，就休假回家！"

"你快回来吧，我不发脾气啦！"

"等你回来，我不让你陪我去这儿去那儿了！"

"等你回来，我天天陪着你！"

"等你回来，我给你做好吃的！"

"等你回来，我们要个孩子吧！"

夏婧一句接一句地喊着，哭到声音沙哑。

这个收获，让陈海峰感到意外，也算是因祸得福吧。他一直想要个孩子，夏婧说先解决了两地分居，再提孕育油二代的事。他想再这样下去，说不定还没有盼来孩子，身体就像一张纸，被一阵风撕裂了。

昨晚的手术，陈海峰听医院副院长说，这一刀要是再偏一寸，刺破的就是颈部大动脉了，那时打的麻药劲还没完全上来。手术是副院长亲自做的，按说他的这点伤，没必要副院长亲自上阵。但贺建功知道情况后，评估了下形势：不到一周时间，保安大队一名队员在太平间躺着，一名队长在手术台上躺着，就给医院院长打电话。医院不敢怠慢，副院长带着医生护士，围着手术台，剃了他被血染红的头发，剪开结痂的衣服，消毒清洗挤血，最后把三厘米长的伤口缝合了。

那个打电话的人赶来医院，人还没到声音先到了："你小子把我吓够呛！"

他想着起来迎一下，被进门的贺建功按住了胳膊："没什么大碍吧！"

陈海峰挤出的笑比哭还难看:"没事!"

贺建功表情这才放松了些,说:"你抓偷油的人有功,这个得表扬。我也得批评你,还说你当过兵,一下就让人撂倒了?"

陈海峰小声说:"这事丢人啊,大意失荆州!"

贺建功握着陈海峰的手,说:"咱们肩上的担子还很重,抓住凶手才能告慰亡灵!"

陶小龙牺牲后,同事发在朋友圈的悼念文章把他瘦小的形象立了起来:生命的惊叹号、忠诚的卫士、平凡中闪光。这些字像鼓槌一样敲着陈海峰,心里窝着火,说话便铿锵起来,"这是对我们底线的挑衅,一定得把这伙人揪出来!"

"有你这话,我就放心了。"贺建功匆匆告辞,走到门口时又停下说,"你的调动申请,批准了!"

陈海峰左手打着吊针,右手对着贺建功挥了挥手。

送走批准调动申请的人,陈海峰摸出手机,看到有条短信跳出来:"陈队,你会后悔的!"

盯着陌生号码和莫名其妙的话,他心里多了一重阴影。这个时候谁给他发的信息,是挡了别人财路,这是威胁?还是"6·16案"凶手发来的警告?把这个信息截图发给李栋,对方说他在医院附近查案,便顺道拐了进来。

进门后的李栋说有两个消息,问他先听哪个。陈海峰黑着脸,气若游丝地表示,先来个好消息去去太平间带出来的霉气，最近碰到的全是倒霉事。消息使者说，那你可能要失望了，这俩消息都不怎么好。一个是系统里查不到短信息电话卡的持有人，绑定的是假身份证。另一个是陶小龙的手机技术解锁后，找到了一段有价值的视频，通过视频还原了案发的过程，锁定了作案车的车牌号和司机影像。

"查到凶手了？"陈海峰抑制不住地兴奋，"这是好消息啊！"

"别高兴得太早，看完视频再说！"消息使者举着解锁的视频给床上躺着的人看，视频显示：那天陶小龙上车后，一直举着手机录像取证，然后和司机发生冲突，陶小龙在抢夺司机攻击他的管钳时，被对方推下驾驶室。看着油罐车要逃走，陶小龙大喊着让司机停下。罐车没有减速，拖着瘦弱的陶小龙继续行驶。视频最终停在了车轮碾过他身体的画面处。

"经过技术比对，查到开车司机叫铁磊，是铁角城村主任铁大山的儿子，有吸毒前科。"李栋把视频拖回嫌疑人的画面处说。

陈海峰觉得确实高兴得过早了，他熟悉视频里的身影，差点将他置于死地："我躺在医院就是拜铁磊所赐，这辆车也停在砖瓦厂里。"

李栋眼里闪过一阵惊讶："那就合情合理了。而且据我们的线人举报，塞上情饭店可能是一个窝点！"

陈海峰心又沉了一下："这件事越来越复杂了！"

四

  塞上情的招牌羊肉，香嫩鲜美不膻气，是舌尖上的一道美食。据说散养的山羊一年四季上蹿下跳，啃食贴着地面生长的地椒。服务员把两人领到靠窗户的位置坐下，"陈队，还和平日一样，来个爆炒羊羔肉和胡辣羊蹄？"陈海峰是熟客，老板铁大山雇的服务员也是当地的熟人。他把菜单给李栋推过去，对方没有什么表示，他又添了两碗羊肉小揪面。服务员麻利地拿了两杯八宝茶，便跑进后厨报菜去了。

  "这一口羊肉，让人念念不忘啊！"胡辣羊蹄很快上桌，李栋大口嚼着美食，满口流油，"我记得第一次吃这羊蹄，是来处理你们队的那个案子。"

  一辆油罐车轰隆隆从饭店外碾过去，像火车轧着铁轨，震得脚下地面颤抖。陈海峰觉得脑袋里猛然涌进的记忆，把他推进了噩梦般的洪流中。

  李栋说的那件事发生在五年前，他那时在保安大队当班长。队员接到偷油的举报，赶到井场时偷油人已经弃车逃跑，便拖着偷油车返回了卡子站。如果只是这样，这件事也就稀松平常。太过蹊跷的是，那个偷油的人逃跑后，坐着接应同伙的车在十公里外的险要处坠崖了。晚上，宿舍板房里忽然冲进十几个人，把血肉模糊的一具尸体抬到桌子上，让队员给死者烧纸守灵。冤枉归一边，陈海峰想：死者为大，几百万的冥币他还烧得起。他们烧纸时，几个人拿着砍刀、板斧、镐把，将一排板房里的电视、水壶都砸得稀巴烂。陈海峰举着手机拍了几张照片留存证据，结果证据被一个有文身的胖子用板斧劈成八瓣。拍证据的人，被一拥而上的人收拾得鼻青脸肿。等李栋他们控制住事态，他已经在地上跪了一夜，眼睛肿得眯成一条缝。伴随着汹涌的回忆，他还能清晰地感受到当时灼心的屈辱。

"我跪在地上掉眼泪，那个有文身的胖子说我哭丧，哭得好！"陈海峰苦着脸夹了几筷子，也没把那只羊蹄夹起来。

"那是家属找人闹事，是想讹一笔赔偿金。"李栋挖了两勺油汪汪的辣子，放进新端上来的小揪面里。

他俩打上交道也始于那次查案，后来又喝过几次酒，陈海峰算是搭上了地方公安局这条线。他心里挺乐意，铁角城三教九流，一样都不缺，一个也不少，保安大队抓的偷油人，最后都得统统交到公安局。

他记得油矿有个年轻的职工，离开山清水秀的四川，来到艰苦的大西北，成为一名石油工人。面对艰苦的工作和生活条件，没有半点的怨言，脏活、累活抢着干。一个晚上，他和两名同事在得知一个井组管线有不法分子打眼盗油消息后，立即赶往现场。当不法分子看到前来的只有三个人时，仗着人多势众，手持铁棍、洋镐把等上前辱骂、威胁，气焰非常嚣张。面对凶狠的不法分子，他们没有退缩，毅然挺身而出，上前制止犯罪行为，遭到围攻殴打，他不幸以身殉职，献出了宝贵的生命，年仅二十五岁。而那一天，是他来油矿工作的第九十一天。还有一年，歹徒哄抢原油时，被一个巡井小队发现。几个队员追上去将偷油的人抓获。这时候，已经逃离的同伙见同伴被抓，随即手持木棒上前围攻殴打巡井工，逼迫他们放人，被拒绝后，他们恼羞成怒，趁职工不备，挥起木棒猛击一名职工的头部，致使其当即昏倒在地。经诊断，他颅内大面积出血，颅脑严重挫裂损伤、颅骨粉碎性骨折。在经过两次开颅手术的一百零三天后，因医治无效牺牲，献出了年仅二十岁的生命。

狼吞虎咽地吃完面，李栋借着接电话，走进靠近后厨的卫生间，侦查情况。剩下陈海峰望着眼前的饭菜，没一点胃口。若是陶小龙坐在对面，碟子里的胡辣羊蹄肯定一个不剩，吃完这道爆炒羊羔肉，还会朝着服务员大喊一声：羊肉小揪面再来一碗！想起这些，他觉得内心有一团火在燃烧。

忽然，陈海峰眼前的光线暗了一下，抬头看见一个爱马仕的"H"标志，尤为扎眼。铁大山堆满肉的脸上挂着笑容，双手把一盘手抓羊肉放到他面前，提了提掉在胯间的皮带，坐到椅子上："听说你受伤了，没啥事吧？"

"一点小伤。"陈海峰看着眼前上好的羊肉，淡淡地说。

"村里人偷油惹了祸，我给你赔个不是。"铁大山夹起一块羊脖，反复蘸了蘸蒜水醋汁，递到陈海峰的碟子里。

"不好意思啊，出院前医生嘱咐不让蘸蒜和醋，吃了犯忌。"陈海峰没福享受铁大山的美意，把羊肉里的上品往旁边推了推，"偷油也犯忌，轧人犯法，我们一定要把罪犯揪出来。"

铁大山欲言又止，闲扯了几句，走进后厨的门帘后面。看着消失的背影，陈海峰心里忽然开始警惕起来。

铁大山任村主任多年，贺建功第一次带着人到铁角城勘测，就碰上他。铁大山双手握着穿红工衣的石油工人的手，把远道而来的客人迎进了村里，又打扫了几孔废窑洞，把他们安顿在里面。虽然窑洞晚上漏风雨天进水，但在当时也算是村里最大的支持了。

铁角城的地底下，没有连成区块的整装油层。这里的石头经历过岁月的淬火，留下了劫后余生的顽劣。展览馆陈列的岩芯样品，放在显微镜下看，整个储层都是致密的花岗岩，那是贺建功常说的"磨刀石"，而他们被称为"磨刀石上闹革命的人"。从"磨刀石"里挤油，让这里的原油开采起来像土豆地里刨金子，得筛出来。不像中东的国家，随便在地上插根管子，原油便喷得像自来水。

李栋侦查回来，脸上带着诡异的笑。蘸着醋蒜汁吃完两块手抓羊脖，嘬了嘬手指上的油，这才点了根烟，朝着后厨的方向努努嘴，吐出意味深长的四个字："别有洞天！"

五

凌晨四点多，发动的三菱车火箭一样朝山下驶去。

陈海峰看到一辆油罐车从塞上情饭店滑了出来。他揪了揪李栋的衣服，指了指车窗外面。对方揉揉眼睛，连忙接过夜视仪，看到车后两道深深的车辙。他俩在饭店后的荒山野岭守了三天两夜，雨下得铺天盖地。陈海峰和队员们饿了困了都在车里熬着，胡子长得像神农架的野人。

车子很快就粘在了油罐车的屁股后面。超过油罐车时，陈海峰看到开车的正是逃跑的"西部骑士"。铁磊一看形势不妙，一脚急刹车停在村口，打开车门闪了出去。陈海峰拎起管钳追到村里，放慢脚步，眼睛像雷达一样扫视着周围的每个角落。转过一个门口，忽然黑洞洞的门框上飞下来一个黑影，人还没落地，手里的一根钢管已经落在陈海峰的秃瓢上。那力道之大，打得他一头栽倒在泥地里。这人真是他的克星。钢管又高高地举起，陈海峰这才彻底看清眼前人消瘦的脸，颧骨突出，神情冷漠，嘴角露出不屑的笑。这笑容彻底激怒了他，铁磊开车轧过陶小龙时，也是带着这种不屑的表情。陈海峰用尽力气，抡起手里的管钳，砸得铁磊轰然倒地，抱着腿哀号起来。

李栋赶上来，把铁磊拖到皮卡车厢里。

曾经的胜利者，茫然地看着窗外，一言不发，把不屑发扬到底。李栋笑了几声："不信你不说！"

接下来油区路上出现了滑稽的一幕：皮卡车后面的绳子上拴着一个人，李栋踩着油门加速时，后面的人追赶不及，被拖倒在路上。车子慢下来，后面的人爬起来跟跟跄跄，上气不接下气。

"你挺能跑啊，咋不跑了？"陈海峰冒着大雨，站在车厢里喊。

"我偷油，是为了买粉，要不早跑了。"铁磊说。

"轧了人，你还想跑？"陈海峰拍了拍车顶，车速又提了起来。

"我那次吸完粉开车……把人轧了。"铁磊脚下打着摆子。

"你承认了？是你轧的人了！"陈海峰手里的管钳砸在车上，车厢顿时陷下去一大片。

"吸完那东西，恍惚了。"铁磊哀求着，"我实在跑、跑不动了！歇一下！"

"到公安局好好歇着吧！"陈海峰吼道。

赶到塞上情饭店，门窗紧闭。陈海峰上前砸门，砸了几遍，心里有了想法，从车厢里拿出那把管钳，直接把门撬开，急匆匆地冲了进去。

后厨操作间，一股羊肉的气味迎面扑来。抽烟机上黑黝黝的油渍，像裹了一层沥青在过滤网上。大铁锅的老汤咕嘟咕嘟冒着泡，煮了满满一锅羊蹄。两只开腔破肚的山羊摆在白色大冰柜里。冰柜旁的地上堆放着一团还没来得及处理的羊下水，血汁漫了一地。如他们所料，后厨空荡荡的，没有一个人。李栋被一个不醒目的柜子吸引过去。这样的饭店一般会有后门，方便厨房的垃圾处理，但这个后厨，除了这个柜子看不到有门的地方。他推了推柜门，仔细打量着挂在柜门上的黑色挂锁，想洞穿它锁住的玄机。这样的锁拦不住他们，锁住的柜门被开后，墙上出现了一个自制的白铁皮门，这也没挡住李栋的一脚之力。

后院里的房间装饰豪华，中间的大茶桌上摆着考究的工夫茶具，墙上贴着铁角城油区道路图，和保安大队值班室挂的如出一辙。

门口的精壮汉子看到有人进来，大吼一声冲了过来。李栋出于本能，拧了一下身子让他扑了个空，脚下顺势使绊将其放倒，反身扣住对方手臂，一掰一扭，汉子的手腕就脱臼了，疼得杀猪般号叫。李栋的动作一气呵成，屋里其他人一看这情景，开始慌了神，四下逃窜。

陈海峰心跳如雷，提着管钳追着一个人冲进房间。刚进门，他就怔住了，地上的盆子里烧着撕碎的纸片，村主任铁大山蹲在火堆旁，面前还推着一沓纸张。销毁证据？这个念头刚刚闪过脑海，他忽然感觉身后传来一阵风声。还没来得及反应,被藏在门后的人用铁链紧紧勒住了脖子,一下子将他拉倒在地,疼得他大叫一声,手里的管钳掉在一旁。

陈海峰躺在地上,想在气势上先发制人:"你儿子已经被警察控制了!"

铁大山哆嗦了一下,歪着头想了想,居高临下地死死盯着地上的人:"这里就你一个人,咱们说个敞亮话。"

陈海峰挣扎着,额头上疼出一层密密的汗珠:"少废话,劝你们不要再抵抗了!"

铁大山从抽屉里抽出几捆钱,咚一声码在桌子上,震得电脑晃了晃:"这钱给你,放了我儿子!"

陈海峰盯着铁大山,又把眼神从他脸上挪开,滑到桌子上的几捆钱上:"你的意思,我理解!"

"理解就好,理解万岁。"铁大山以为钱起到了作用,坐到电脑桌前的椅子上,跷起二郎腿,进入了接下来的谈判中,"你也放我一马!"

陈海峰快速地在心里估摸着,自己不吃不喝,一年的薪水也就在铁大山的甩手之间。心里感慨完,他咬着牙说:"我得给小龙一个……交代!"

跷着二郎腿的人,气势矮了很多,又拿了几捆钱:"再给你加这些!"

陈海峰呼吸困难,脸黑得能滴出墨来:"我也得……对得起这份工作!"

铁大山捡起地上的管钳，说："你这是敬酒不吃吃罚酒！"

陈海峰两只脚在地上使劲，像有一道魔力支撑着虚弱的身体。后面的人碰到门框，手上有些松劲。他借着这个时机，发了疯似的大吼一声，一把夺过链子。后面的人见此，夺门而逃。

铁大山像抓着救命稻草一样握着管钳，仿佛眼前这个脖子上流着血的秃瓢随时会扑上来，饿狼一般把他撕个粉碎。

陈海峰冲上前抢起链子打掉管钳，一脚踢在铁大山的胸口。

铁大山打翻地上的盆子，身上挨了不少拳头。

"贩油的账目呢？"陈海峰问。

铁大山惊魂未定，指了指桌上的抽屉，撕心裂肺地叫着，吸进口腔的纸灰，呛得声音越来越小。

"看着别的村过上好日子，我也动了歪心思。"曾经山一样的汉子，瘫坐在墙角，像是自言自语，"我把大家害了，也把儿子带坏了！"

李栋走进来，拍了拍陈海峰的肩膀，拿起桌子上的烟，点着一支抽了半响："情况怎么样？"

"喏，都在这里了！"陈海峰晃了晃抽屉里找出的U盘，插在电脑上，看到文件夹里的账务资料，长长地舒了口气。

走出塞上情饭店，警灯闪烁，警笛一声接着一声。李栋幽幽地说:"雷声小了,看来雨要停了!"

陈海峰回头望了一眼饭店的招牌。可惜了,以后再也不会有这道胡辣羊蹄,也听不见陶小龙"羊肉小揪面再来一碗"的声音。

贺建功带着一群人围着铁磊审问。看到陈海峰走过来,热情地握了握他的手说:"铁磊刚才供述,油矿还有个犯罪团伙,套用正规票据,把偷来的原油合法化后倒卖。这些人,才是隐藏的最大毒瘤!"

陈海峰疑惑地看着贺建功。

眼前的油矿领导眼睛里布满血丝,满怀期待地望着他,"你的申请我签字了。但是走以前,希望你再考虑考虑!"

陈海峰听完,喉头动了又动,那里有很多话要蹦出来,却像被一根鱼刺卡住了。

贺建功还说:"我知道你的难处……"后面再说的什么,他已经听不清楚。那份从贺建功手里接过来的调动申请,像最后一片树叶,从他的指尖滑落,摇曳在风中。

这时,手机短促地振动了两声。他心一紧,仔细打量着新收到的短信:"陈队,你会后悔的!"这些天经常收到这条信息,看着满屏同样的文字,好像无数条蛇,吐着芯子从手机屏里蹿出来。他不由自主地摸了一把受伤的锁骨,感觉有股月光的凉气刺入了喉咙。

铁角城,像一座围城。他像一个受了诅咒的兵。

黄 一 井

一

记得那天陈小波打来电话时,夜里的老北风刮得正起劲。我们惯以把太阳山的风叫老北风,吹过来像抽油杆一样顶着你的腔子口,让人走不动路。电话那头的声音焦躁又急促:"班长,出事了!快来井上!快!"

"出啥事了?喂,喂,喂!"

电话那头没了声,只有吱吱的电波混着隐约的风声和狗叫从听筒传来。我回拨了两遍,依然没有回应,便火星子溅裤裆般赶往黄一井。单井是油矿最小的单元,黄一井是千千万万小单元中的一个。井场有篮球场那么大,中间立着一口油井,东南角放着一节列车式野营房。这个井嵌在太阳山的后洼中,常听得见老北风鬼一样在山间游荡吹出的哨声。

从我们班到黄一井的直线距离超不过十公里,但开车赶过去得一个多小时。通往井场的路是条土路,蹚着尘土走五六公里，才看得清井场全貌。井场周围竖着的铁栅栏也就一人多高，绕着野营房找了一圈，除了房门口挂着的一把锁，我连个鬼影都没找着，只有井场上的两只狗嘴里"呜呜"叫着，跳起来舔我的手，让手背闻上去一股子腥味。

在这驻井，像进了孤岛荒野求生。鉴于条件艰苦，我们班的人轮流驻井，每人一周，包括我这个小班长在内。我驻守黄一井时，经常蹲在门口望着周围的黄土发愣。这里生活单调得像条直线，通勤车隔两三天会带些柴米油盐肉，但送菜的人放下东西，挥挥手就走了，急得像狼追在沟子后头。山坳里信号弱，手机基本上就是个摆设，我经常晚饭后举着手机到处摇信号，像奔跑的天线宝宝。

山里漆黑一片，车灯把夜犁开了一道口子。忽然，车灯前有个人影晃了晃，我以为是偷油的，仔细一看，正是心里骂着的陈小波。

"你跑哪儿去了？"我冲他喊。

陈小波站在车灯里，身上裹着一件棉工服，手里拎着一把管钳说："班长，你来啦！"

铁栅栏外有几颗似星星的灯忽明忽暗，但那不是星星，是几个人举着烟头转悠。那几年原油价钱一路飘红，这口高产井就成了他们眼里的肥肉。每次巡线，都能见着有人在山头晃悠。他们群体出动，卸松阀门或光杆密封，让黑褐色果冻一样的原油流进蛇皮袋子，再拉到山外的收油点，换一叠醉生梦死的"通行证"。

"后生，好话说了一箩筐。让额进来装几袋油，好处少不了你的！"一个左眼有刀疤的男人从阴影里面走出来，站在铁栅栏边，抛进来一个东西。借着车灯，我看清落在井场的正是一叠"通行证"。

井场里的那两只狗四肢修长，身子精瘦，有膝盖那么高，看见东西一前一后叫着扑了上去。陈小波对着铁栅栏外的人喊："不可能，别做梦了！"

"后生这是作甚，跟钱有仇呢！"墙外面怪兮兮的笑声被风撕成碎片吹进我的耳朵。

"别逼我！"陈小波手抖着，手里的管钳"噔噔噔"敲击着坚硬的地面，听上去像一把钝刀剁在骨头上，声音沉闷有力。

"真没见过你这样的瓷尻娃。"满脸疙瘩的刀疤脸说着话，又从铁栅栏外面抛进来一样东西，在车灯前闪出一道寒光。

两只狗"汪汪汪"跑过去嗅了嗅，忽然安静了。这次飞进来的是把半米长的宰羊刀。

"我通知了保安队，他们来了你们一个都跑不了！"我声音不大，但在山坳中听上去足够响。

"一个瓷尻不够，又来一个愣种，真是倒了他妈的霉！"铁栅栏外的刀疤脸隐退进阴暗中。而后几个烟头闪着火星子，在空中画出几道弧线，消失了。

那会儿的老北风也平息了下来。天上飞着的杂草、狗毛、塑料袋纷纷落到地面。夜，这才恢复了宁静，天上的星星萤灯一样闪在璀璨夜空。

"你不怕吗？"我看见陈小波瘫坐在地上，嘴皮也被吹裂了。

"他们逼我的！"透过野营房的小窗，有束月光射过来，映得陈小波脸上暗影浮动。

"我也留下来值班！"担心夜里再生事端，我蜷缩在野营房门口，把情况向队长宋庆阳汇报了一番。

陈小波调进我们班，是那年初春。那天队长宋庆阳打电话说要给班里补充一名"壮丁"。傍晚时分，大如磨盘的夕阳挂在太阳山头，映得山里酡红一片。太阳山这名字，乍一听容易让人把它和日本的那座山联想到一起，可实际上这巴掌大的地方，除了日升月落，开门见山，剩下的就是山下的两条铁轨闪闪发亮，像指向城市的纤细路标。待在山里恍若隔世，每次坐着这列慢火车休假，都有重返人间的亲切感。我蹲在院子门口，望着夕阳出神，回头看到宋庆阳咬着烟从越野车上下来："这是别的队调来的陈小波，先放你们班。"跟他下车的青年打了个愣，随即把薄片眼镜往上推了推，咧开薄嘴唇嗡嗡地打了个招呼。宋队长吐了个烟圈，用夹着烟的手指了指我："这是你的班长，冯浩。"陈小波二十多岁的

148

样子，宽额窄脸，身材消瘦，眯着小眼睛，对焦般把我上下扫射了一番。夕阳下沉，暮色渐重，我转身带他们进了班里。

他第一次进驻孤岛，是到班里一个月后。在班里的那段时间，陈小波给我的感觉是话少，在一群糙爷们儿中显得过于腼腆，不像老班员聊起天来只知道搬运荤段子。我往井场打值班电话，每次拨过去，那边的声音很及时地传来，班长，好着啦。几乎都是这两句。

二

山头的启明星还没隐去，井场黑魆魆的，宋庆阳已经来到井场门口。同他一起来的，还有一位手里拎着采访包、肩上挎着照相机的记者。

宋庆阳身上裹着红色棉工服，腰厚实得像城墙，走起路来噔噔响。他拖着两根树墩似的腿给记者散了一根烟，又给我俩递过来，我和陈小波纷纷摆手。风吹过我的胸膛，感觉身体被穿透了，陈小波蔫茄子一般，裹得严严实实，只留下出气的鼻孔和白片眼镜。我头闷得像背着一个大背篓，浑身发冷。陈小波在天快亮时听见我的咳嗽声，从架子床上爬起来，给我倒了一杯水。喝水时才发觉扁桃体像横在咽喉的守门员，堵得严实。喝了水睡着不久，忽然感到被子上有东西在跑，我从床上翻起来，看到一只黝黑光亮的硕鼠从窗户溜出去了。

宋庆阳把头裹进衣服里，"吧嗒"点着烟，随即说："何记者是大笔杆子，下基层挖好新闻。"

"听说昨晚是惊心动魄的一夜，我们起了个大早，收集些好素材。"何记者抽了口烟说。

"冯浩，你先介绍下昨晚的情况。"宋庆阳笑了笑。

我让陈小波取来钞票和长刀，战利品似的摆到引擎盖上，讲了事情的经过后，又说："那伙人不简单呢！"

"这伙偷油贼，领头的绰号刀疤，在这一带盘踞了十几年。"宋庆阳把烟头丢在地上，用脚揉了揉，"钱，上缴单位。刀，你们看着处理了。"

陈小波的目光一直落在那沓钱上发愣，整个人像被风吹在半空中，直到那两只狗叫了两声，才恢复了常态。

"偷油的花样我见多了，这样的我还是头次见。"头发花白的何记者举起相机拍了几张特写。

宋庆阳领着何记者在井场视察了一圈，井口安装横平竖直，光杆光滑也没刺露，一条防洪渠规整地修到井外。"这完全是个标杆井，应该让大伙都看看！"说这话时，宋庆阳声音提高了不止一个调。

这个井场是宋庆阳一手树起来的标杆，是队长的心头肉。他说我这个班长以后挪不挪得动，就看这根标杆立不立得住。我把这句话记在活页本里，也搁在了心上。那些年记下的活页笔记本，后来像私人档案，被我按年代编码留下来，存进柜子里。现在偶尔翻开，那些往事像《卡农》的复调，在脑袋里往复循环。记在笔记本上的条目多半是宋庆阳繁杂的电话通知，比如半夜疏通结蜡的输油管道，班里十几个患难弟兄就得从温暖的被窝里爬出来抢险解堵；比如应付那些戴着白色安全帽的大小领导，我们就得拾掇井场卫生，包括露天厕所里满地蠕动的白蛆。

何记者额头上渗出汗，说想同陈小波聊一聊。我喊陈小波，结果人没见出来，俩狗却跑过来围着我们转圈，仿佛这一切都是它俩的功劳。过了好一阵，陈小波才从野营房露出半个头，求救似的看着我说："也没做啥！"记者听完愣住了，宋庆阳和我面面相觑。

陈小波驻守完一个月后，对我说班里人都不想到这来，在这值班好着啦，再说还多二十五元津贴。驻井每天补助二十五元津贴，这是宋庆阳为我们争取的福利。即便是这样，每次派人去孤岛，还是让人头疼。陈小波向我提了个条件，就是养两只从沟里捡回来的狗。看着他眼神坚定，我觉得好笑。在井场养活自己都费劲，更别说狗了。按常理，我不应该同意他养狗，也不应该让他一个人长期驻守在那里。但那个季节忙得恨不得多长八只手，输油管线容易结蜡，几公里长的管道，跨梁越峁埋在地下，为了找到结堵点，我们分段开挖，加温解堵，一天下来俩腿像灌满了铅，身子骨散了架。回宿舍冲澡，脊背上的皮一层层往下蜕，像山里蜕皮的蛇一样。我转念一想，养狗也不违反哪条安全禁令，便同意了。后来，班里人再去井场干活，都看到陈小波养了两只狗崽。刚开始喝粥，再后来把米饭馒头泡在水里喂它们。几个月过去，狗见了人前跳后蹿，他们说在那地方把狗养活了，真是个奇迹。

我们走进野营房，冰箱里仅有的几个西红柿、鸡蛋和半把芹菜，安分地各自占着一层。宋庆阳把带来的羊肉和蔬菜搁进冰箱，问陈小波待得咋样。

"好着啦。"陈小波声音依旧嗡嗡的，眼睛盯着地面。

"会做饭不，菜够不够吃？"何记者说着，抹了把一尘不染的桌子。

"会，够了。"他用三个字回应了何记者的俩问题，听着让人窒息。

眼看外面的太阳已经挂在头顶，我说："那啥，要不先吃饭，吃了再采访。"宋庆阳也说："何记者到基层，就入乡随俗吧。"看记者收住了迈出门的脚，我恨不得扇自己两巴掌，手捏着太阳穴晃了晃，问陈小波吃点啥？他扶着架子床挠挠头说："也没啥好做的，来个西红柿鸡蛋盖饭吧。"

陈小波炒西红柿鸡蛋时，两只狗蹲在一旁流着哈喇子等着开饭。米饭蒸好盛进碟子，他把冒着热气的炒菜浇上去，便请我们先上桌，然后掀开大铝锅，夹出几个馒头，给我们一人塞了一个。最后拿出锅底煮的鸡蛋，剥开掰成两半，放进狗盆子里。

菜的味道说不上好，宋庆阳草草吃了几口，陈小波额头渗着汗，筷子没动几下就搁边上了。何记者放下盖饭，吞下去半个馒头，"咕咚咚"喝了一杯茶水，深吸一口气。

我轻轻咳了两声，在糨糊脑袋里搜索着词，哑着嗓子调侃："我们班的人轮流在这里值守，白天人看山，晚上数星星，还得做饭。小波见了大记者太激动，没把握住轻重。"

宋庆阳拂去胖脖根处堆积的汗珠，笑了两声说："这新闻，何记者打算弄多少字？"

"这事啊，我想搞个大通讯，大篇幅。"

"好，争取弄个大动静！"宋庆阳脸颊兴奋得发亮，像颗剥了皮的茶叶蛋。

宋庆阳调任队长后，推荐我接了他的班，记得他跟我说要调走时，手朝着天上指了指，脸上露出蒙娜丽莎一般神秘的笑。我抬头望了望湛蓝色的天，心领神会地朝他竖起大拇指，好像蓝天下的那疙瘩白云里真藏了顶乌纱帽。让我欢喜的还在后面，他用胖手捏着我肩头说："好好干，以后也往上挪一挪。"在我们的语境里，挪一挪是从班里挪到队部，从工人挪成干部，就像大头兵变士官，那是完全不同的两条通道。虽然那时还不知道我们冯家祖坟上有没有冒青烟的机会，但宋庆阳口头画的大饼像某一类功能性饮料，让我精力充沛。那会儿看着宋庆阳来回踱步，我猜想他肯定在考虑用报纸的新闻效应，让井场真的变成一张金名片。

外面的风吹倒了铁锹，两只狗跳下凳子，站在门口冲外面狂吠。山里的野鸡啼叫着，一只野兔从井场外跑过，狗紧追出去。陈小波跟到外面，吆喝着把狗喊了回来。不知为何，我对这个细节记得如此清晰。直到多年后，我才明白那些黑褐色的原油，一直浮于我们的认知表层，掩盖了生活的真相。

借着这个空当，何记者举起相机对着门外"咔咔咔"按下快门，"好镜头啊，我终于找到新闻眼了。"看他们东一嘴西一句，说个没完没了。我那会儿又累又困，眼皮忍不住打架，身体眩晕，好似急需人道主义救援的难民。

三

陈小波似乎习惯了独自面对一座山、守着一口井的生活。那天，周而复始的生活节奏被打乱了，宋庆阳组织的文艺小分队要来井上演出。收到这个消息，陈小波整宿没睡着。空旷寂寥的山里，那天的夜显得格外长。

第二天天刚蒙蒙亮，他就开始烧水、扫地，忙前忙后地拾掇。一切收拾停当，陈小波满意地走到井场外的山坡上，望着上井的山路。直到临近中午，太阳热辣辣的，远处扬尘而起的两辆车向井场驶来。

车一停稳，小分队就赶紧跳下车，紧握着陈小波粗糙的手："让你久等了，路不好走。"演员们按照各自分工，搬道具、铺地毯、接音箱，立刻忙活开了。常日寂静的井场一下子热闹起来。陈小波跑前跑后，站也不是，坐也不是，想伸手帮个忙怎么也帮不上。演出即将开始，他环顾四周，见观众席只有一把椅子，正要起身去搬，却被拦住了："其他站都演过了，今天的观众就您一个。"

"一个人看演出？"他半张着嘴，身体僵住了，过了好一会儿才回过神来。

演出开始了，寂寥高远的蓝天下，悠扬的歌曲，异域风情的舞蹈，幽默诙谐的小品，让他原本紧张的心情渐渐放松了下来。看着演员们顶着大太阳，小脸晒得通红，他坐不住了："好了，就我一个人看，演那么多干啥！"小分队却执意不肯，坚持要把节目演完。他拗不过，只得坐下，心里默默地数着，第六个节目，第七个节目……

"采油工陈小波，一身正气谱赞歌……"清脆的竹板响起来了，听到自己的事情被改编成了快板，陈小波眼睛湿了。

演出结束后，我才发现那两只狗不在井场，陈小波说出去野了。狗是公狗，随着狗龄渐增，到了管不住的发情期。

155

那天，宋庆阳手里捏着一张报纸，报纸上刊登的是何记者采写的纪实新闻，选用的摄影插图，背景是虚化了的抽油机和大山，前景是陈小波低着头，看着两只狗在脚下默契穿梭，像杂技演员在表演特技。

宋庆阳走之前叮嘱我炖锅羊肉犒劳陈小波，并给我怀里塞了瓶酒。下午，炖好的羊肉在清冷的空气中香味扑鼻，闻着让人流口水。我取过碗，抓了几片切好的肉铺在碗底，加上熟萝卜片，把沸腾的羊汤盛进去两勺，递到陈小波手里："蒜自己剥啊。羊肉不吃蒜，营养减一半。"

陈小波闷着头抱着碗喝汤时，嘴角露出的两颗虎牙，一边一颗很对称。我凑到他跟前，做了个举杯的动作："要不，咱喝点？"

陈小波从眼镜后面瞄了我一眼，看了看面前的酒，又抬头看了看我："三四年了，没喝过酒。"

"没事，喝几杯酒！"我给桌上的一次性杯子里添满酒，端起面前的酒，碰了碰他的杯子，喝下去一大口。他只是把酒端在手里发呆。

"嫌我面子不够大啊。"我有些恼火，自顾自地端起面前盛好的清汤羊肉，加了勺油泼辣子，就着蒜瓣连吃带喝。安顿好饥渴的肠胃，闭着眼想人生如此，夫复何求。等我睁开眼睛，看见陈小波手里的酒已经喝净。他辣得五官缩成一团，手却没有停，拎起酒瓶细细的瓶颈，又添满纸杯。

"谢谢班长。"他跟我碰了碰，又喝了满杯，比我喝得还爽快。喝完，却呛得一阵咳嗽。

我看了看华山论剑的酒瓶，瓶肚子里凹进去的华山造型，已经凸在酒液上面。酒喝了半斤，他脸红得跟油泼辣子一样。我剥了两瓣蒜递过去，让他先尝尝美食。陈小波斜坐着，眼神呆滞，也不见动筷子。

"黄一井是标杆，这里有啥事，够咱们喝一壶的！"我抓了块羊肉丢进嘴里说，"别看你个子高，天塌下来，还得我这小个子顶着。"

可能是喝了酒的缘故，陈小波脸上微微一笑，笑容像昙花一瞬即逝。

"你几个月没休假了吧，想回家了吱声。"

"咳咳……好着啦，把钱打回去就行。"

"还挺孝顺啊。"

"我妈病了，一直要吃药化疗。"

"好好干，多挣钱，也给老人长长脸。"

"我也不图啥，真的，安稳着就行。"陈小波说着又倒出来一杯酒，嘴里还嘟囔着，"她一个人把我带大，身体都累垮了。"

"那刀疤送的那些钱，你没动过心？"我试探着问。

他盯着我没说话，往嘴里灌进一杯酒，结果还没咽下去就呛了出来，"哇哇哇"吐得高压水枪一样。

157

"你喝多了！"我闻见刺鼻的酒味夹杂着酸味，像烟雾迅速在房里弥漫开。

"没喝多！我妈要化疗，为了治病，我们家的房子都抵押了。催债公司的人天天上门讨债。"陈小波趴在桌上，擦掉两个透明的鼻涕泡说，"那些红票子，我也想过啊，但咱活着还是得对得起良心啊。"

看着趴在桌上抽泣的陈小波，我心里掀起了一股难以言说的苦闷。油矿就像一部永动机，流水线上的人轮换休息，它却不停地运转。刚来时队长说我们算是这部永动机上的螺丝，后来他说我们就是一枚垫片，连螺帽都算不上。从上紧发条转动开始，每天睁开眼就巡查井场，逢年过节也得检查抽油机。面对几百公里之外的家里，父母孩子的一摊子事，也只能干着急。

四

不知过了多久，野营房外的亮色，完全被黑暗吞没。门口忽然传来一阵车喇叭声，我看到一辆皮卡停在门口，车上下来的几个人用陕北方言嚷嚷，远远听见有人喊"油鬼子"。看清探照灯下的刀疤脸，我顿时紧张起来。那只喜欢舔我手的黑狗，被一根麻棕绳拖在皮卡后面，像一条破麻袋。另一只狗瘸着腿，躲在皮卡车厢里发抖。我一瞬间觉得心掉进了冰窟窿。

  后来我才知道，那天黑狗活该倒霉，它放着逍遥的日子不过，非要去追村里的土狗，却追到了刀疤脸的偷油窝点。要说这狗发情也是天经地义，狗干狗的，和人不相干。刀疤脸也是这样想的，他正想把狗赶开，一下认出来俩狗好像在哪儿见过，这心里就有些微妙了。他随手取了一根麻棕绳，套成一个圈，放到正在媾和的黑狗头顶，往下一落，往上一提，就把狗吊起来了。他拎着钢管，在破窑洞，又生擒了后来被打断腿的黄狗，才带人杀到井场问罪。

  刀疤脸见我出来，捏了捏脸上的疙瘩，眼里迸射出的剽悍眼神："油矿的狗，有人管吗？"

  我避开他的眼睛，缓过一丝神说："有事慢慢商量。"

  刀疤脸抬起手扇了我一巴掌。

  我上前理论，几个人扑过来，八爪鱼一样把我手脚缠住。仅一个回合，我便和大黑狗一样，四仰八叉躺在地上，随即眼睛、嘴巴、太阳穴被拳脚一顿招呼，鼻子里的血雨水一样往下淌。

  "这狗管不住，我给你们管管！"刀疤说着，举起钢管对准黄狗抡下去。黄狗哭号着，弓着的腰瞬间瘫下了。

  我爬起来要往前扑，却被迎面飞来的钢管击倒在地。头像裂开了口子，我苦苦挣扎，喉咙里却发不出声音。就在我担心要同狗一样死去时，陈小波不知何时握着一把长刀，冲了出来。

"你胆大的,拿个刀,捅一下试试!"刀疤气势依旧跋扈。

陈小波忽然立起刀把,冲着刀疤满是疙瘩的脸猛劈过去。

刀疤哇哇乱叫着躲开了,嘴里骂骂咧咧,"你个愣种!"

话还没喊完,陈小波又抬起刀挥下去,顿时有颗门牙连同鼻血,一起落了下来。

"放下刀,别干傻事。"我的声音微小又发颤。

"为啥连狗都不放过。"陈小波瘦弱的身躯,愤怒起来像只豹子,两只发红的眼珠,瞪得几乎要爆出来,嘴里喷着酒味,胸腔剧烈起伏,"为啥逼我,你们这些狗日的!"

这些话伴着飕飕怪叫的北风,听着像飞镖一样。他挥着长刀,砍到皮卡车引擎盖上,铁皮裂开了一条缝。砍到大灯上,氙气灯"嘭"地炸裂了。那只黄狗受到惊吓,"呜"地叫了一声。陈小波转头看到瘫在车厢里的狗,就要往车上爬,结果一个趔趄撞到车厢,眼镜摔裂了,手里的刀掉在车轮后面。他踉跄着爬上去,紧紧搂住了黄狗的身体。

就在这时,捂着嘴的刀疤脸捡起眼前的长刀,朝着陈小波的背砍了下去。那会儿的老北风贴着土坡灌进山坳里,鬼一样扯着嗓子呜呜嘶叫,舞着身子盘旋冲撞,把山都要撞碎了,吹得我身体忍不住打了个寒噤,软软地趴在地上失去了

160

意识。

　　后来，再派人到黄一井驻守，大伙头摇得像拨浪鼓，好像那里不是孤岛而是食人岛一样。班里人看我的眼神总是躲躲闪闪。宋庆阳黑渣渣的胡须那些天布满了黑脸颊，等那大黑脸上的苦笑越挂越重，我知道看黄一井的活儿算是落在我头上了。

　　记得那次从昏迷中被宋庆阳叫醒时，我仿佛在鬼门关转了一圈。醒来后的井场，像被镰刀收割过的庄稼地，冷冷清清，那辆皮卡车上的人连同陈小波，早已不见踪影，只剩下黄狗和黑狗，泡在一摊深红色的血中。高高的山顶上，隐约传来警车和救护车的鸣笛声。听我说完事情经过，警察迅速以井场为中心，撒开了一个大网，寻遍了山峁沟梁，直到东方变白，才在一个破窑洞里找到了奄奄一息的陈小波。

　　这事像从某个山坳口吹进来的风，经一张张嘴的渲染，变得荒诞。有人说刀疤被县刑警中队缉捕后，在他的老屋后起获了一个特大偷油贩油窝点，现场清理出来的几麻袋现金被原油浸染得撕都撕不开。各类消息沙尘一样落进我的耳蜗，让我受过强烈震荡的脑袋经常像低频发动机般，发出嗡嗡的幻听。那天接到陈小波从医院打来的电话时，北风里火车鸣笛声从山那边传来，听着格外沉闷。我那时恨透了那趟火车，要是没人把铁轨铺到太阳山下，我就会安心掩藏在太阳山深深的褶皱里，默默承受石油的强暴或温存。陈小波在电话里给我托付两件事：一是把那两只狗葬在油井对面的山坡上，隔几天煮俩鸡蛋放到墓碑前。另一个是给抽油机的减速箱勤加机油，山里风沙大，有了润滑油，那台老家伙转起来才没那么吃力。

现如今，在时间咀嚼过的记忆残骸中，能被打捞起来的碎片少之又少，但山里能吹进骨头缝里的老北风，深夜入睡前蹿进耳朵的火车汽笛声，连同这张贴在黄一井野营房里的报纸上的身影，像抽油杆一样钻入我的记忆深层，经常在午夜的梦里输送着产能。

扶 贫 记

一

贺衍从省城来到陕北王家坪结识了王老汉,也学会了信天游。信天游学起来简单,唱起来顺溜,唱完了却由不得人不怵惶。

> 上坡坡那个下梁梁,上一道那个坡勒坡哎哟哟,哎,下一道道梁……

这声音高亢明亮,伴随着王老汉脚底扬起的尘土扑面而来。贺衍正在村口的大榆树下跑步,看见王老汉,赶紧把他背上的猪草背篓接过来放到榆树底下,同时叹了口气。

王老汉是他到王家坪后的第一个扶持对象。第一次去王老汉家,日头挂在屋檐上,院子中荒草埋过脚面,猪圈里的两头猪饿得嗷嗷叫,那声音漫过坍塌的土墙,要把天戳个窟窣。他弯腰进到土房里，迎面扑来一股恶臭。房里灯光昏暗，炕上又脏又乱。

炕边上的王老汉，正拿着盆子接屎尿。看到忽然闯进屋里的不速之客，床上的人警觉地一缩身，把被截掉大部分的下肢藏进了被子。老汉端着屎尿盆扭头出去了。

贺衍走出房间，村主任王葛蛋忙解释："王老汉的儿子去年出了车祸，成了残疾，躺炕上了。"

王葛蛋膀大腰圆，声如洪钟，往院子一站不怒自威。

王老汉走过来，看到贺衍愣了一下，把驼着的背靠在墙头，掏出一袋烟丝，取出一小条纸，三个手指伸进袋子里揪出一撮烟丝，在纸上撒匀后卷起来，"哧"地划着火柴，两只手拢在火焰上点燃烟卷，深深吸了一口，再长长吐了口气，这才说："我这光景，恓惶得很。"王老汉的话，和那顺着褐色脸颊飘起的浓烟一样，让人感到愁楚。

来榆林米脂县之前，找贺衍谈话的李雪松说，榆林是石油工业的福气之地，气贯长虹舞油龙，咱们采的油气都来自这片土地，咱有责任让那里的老乡过上好日子。贺衍大学毕业后被分到采油一线，天天和石油打交道，从班员一直干到班长。之后先被调往厂机关，再被调到位于西安的局机关。

那次，李雪松还用了一支烟的工夫肯定了贺衍五年来的业绩。"你考虑一下，考虑好了随时可以出发。"李雪松说完，手里拿着一个不锈钢打火机，开开合合。贺衍的心微微颤了一下，忽然感觉这些话就像打火机的砂轮摩擦打火石，点燃飘散的煤油一样，让他的思想也剧烈燃烧起来。还没等他开口，李雪松"嚓"的一声合上打火机的金属盖说："咱们都是从农村出来的，如果有机会，我也想冲在扶贫攻坚第一线。组织上对扶贫有贡献的同志，以后会重点考虑的。"

揣着李雪松的话，贺衍一脚踏进了王家坪。

想着这些，贺衍笑了一下对王老汉说："我现在也会唱这信天游了，就是换气不匀。"

王老汉以前当过兵，说话像陕北说书的："唉，调儿是老调，词儿是老词。年轻时唱的是心劲儿，今儿个唱的是穷日子。"

"这坡再陡，咱们一起爬，总会有翻过去的时候。"贺衍抓了一把土也靠在榆树下。

三月，西安已是樱花满枝，而山里却依然煞黄一片。翻过村子东山的两道梁，就到了山地苹果实验园。王葛蛋在地里修剪果树，贺衍搭手压住树枝，对长得旺的枝条进行剪除，这是为了提高坐果率和保证果品质量。这些技术要领是农大技术专家手把手教给他的。眼看着枝头挂满了鼓鼓的花苞，满怀憧憬的王葛蛋整理果树比伺候媳妇还用心，摘心、短截、别枝、扭梢，每一道工序都细致入微。

第一次来村里，贺衍介绍自己是来扶贫的干部。当王葛蛋看见他脸上有个疤痕时，没有像别人那样刻意避开眼神，而是爽快地和他握了握手，问他的疤痕咋弄的。面对这么爽快的人，贺衍也爽快地回答："咳，小时候，爬上灶台，开水烫的。"王葛蛋说："我这耳朵被雷管炸了，右边的不好使。"

随后，两人交换了电话号码和微信。王葛蛋不认识他名字中的"衍"字，便说："你是来扶贫的，我在电话和微信里就存个贺扶贫吧，这样叫着也方便。"没想到，这个名字就在村里叫开了，大伙儿张口闭口贺扶贫。后来李雪松下来检查调研，也会远远地吆喝：贺扶贫！若问他的大名，王家坪的人多半是要挠后脑勺了。

"想跟你商量个事。"贺衍拿剪刀修剪起果树。

"啥事？"

"我想动员王老汉也种苹果。"

"这事不好办。"王葛蛋抹了把汗，"说起来，王家坪的事都难办，给你说个最简单的。我上任做的第一件事，是对贫困户精准识别，咱不能保证百分之百的精准，起码要对得住良心。有个村干部乱投票，把亲戚评上了，我黑着脸硬是把人劝退了。一些人就骂，你一个小小的村主任真能装大尾巴狼，还扬言再较劲就要亮刀子给我看。"

贺衍听得心惊肉跳。

"说不好办，还有一个原因。前些年，村里的老人出门没衣穿，穷怕了；吃不上白面馍，饿怕了。"

看到眼前的人眉头皱得和沟一样深，王葛蛋反而笑了，"你一来就让大伙儿种山地苹果，乡亲们两只手插在袖筒里观望。我就站出来，种了这苹果实验园，总得支持你的工作啊。"

贺衍眉头稍稍舒展开了些："你相信我，等大伙儿看到钱挂到树上了，都抢着种苹果。有了钱，还怕吃不上馍？"

看贺衍咧着嘴，王葛蛋也跟着笑："那咱分个工。我去乡里争取补助和免费树苗，你负责做村里的工作。"

二

山坡上，掉了皮的架子车轱辘吱哇乱叫，车厢里的大粪装得冒了顶，拉车的王老汉晃晃悠悠，像打安塞腰鼓。贺衍见面就搭上手，王老汉瞥了他一眼，继续低头拉车。

贺衍说了种山地苹果的想法，王老汉朝着路边吐了口痰，那口痰如子弹一样"嗖"地钻进了黄土。

"你……让我也种苹果？"

"种几亩，试试。"

"年轻人二杆子，光顾嘴上的功夫。"

在这儿待了一年多，贺衍也听得懂，"二杆子"的大意是年轻人爱冲动不靠谱，他听了也不生气。

"咱这儿的气候不光能种庄稼,还适宜种山地苹果。哪样变钱种哪样嘛。"

王老汉其实并不老,刚过半百,只是驼了背,老伴去世多年,看着比别人老一大截。此刻他看着眼前的土路,如绳子一样绕在山上。他回头望了一眼卖力推车的人,把车停下了。"后生,我活了半辈子,除了当兵的几年,两脚都沾着这黄土。你抬头看看眼前,这是个甚?这黄土洼上能栽出苹果?就是那果子长在树上,你低头看看脚下,这是个甚?这路能把种的苹果拉出去?"

王老汉一口气没上来,剧烈咳嗽,整个身子都跟着抖动,便弯腰拉着车往地里赶。走了一半,回头见贺衍没跟上来,便叫起来:"你不来推车,戳那儿干甚?"

贺衍听见了,抹了一把眼里的泪蛋蛋,跑上前推着架子车,闻着鼻子边浓烈的气味,眼泪噗噗掉进尘土里。

他带着特困户参观外乡的苹果园,请城里的技术专家讲种植优势,但真正让他们刨坑种树时,他们却说这是在给自己刨坟,他们不干。种植苹果树的项目是他去西北农林科技大学请教研究生导师选出的最优致富项目,具有科学性和权威性,但乡亲们只看眼前的实在,不看发展的红利。正如那位导师所说的最后一句话,项目说到底,还是要有人干。如果群众不想干,那么做通思想工作要比技术更关键。眼下的这道坎,犹如蜀道之难。

想起省城西安，贺衍又伤感起来。结婚前，他也谈过几个女朋友，但感觉还是现在的女人好。她不嫌弃他这个没车没长相的穷小子，小日子虽平淡，但也甜蜜。来这里后，起初两人每天视频通话，视频费每月要两百多元。她还说晚上睡觉，耳边没了他的呼噜声催眠都睡不安稳。但这几个月，他每天聊扶贫致富，她却聊减肥休闲，两人聊得牛头不对马嘴，聊不来几句就挂了。

等了一个多月，王葛蛋忽然把他叫去说，刚接到县里的通知，让我们挨家挨户宣传。种苹果推平地，每亩补贴一千二百元，打坑拉枝，每亩地再给补贴五百元。

贺衍听了心咚咚跳，血往头上涌。他猛地站起来，忽然感觉从脚底到大腿根麻酥酥的，像过电一样。他和王葛蛋一对眼，都望向了村里的大喇叭。

太阳刚刚挂上榆树头，村里被广播吵醒的男女老少就聚在了村委会的院子里。耿军军却蹲在门口的大榆树下，好像在等着看一场名角出演的秦腔。

王葛蛋走到门外，用那副天生的大嗓门当广播："乡亲们，今儿个叫大伙儿来，是有个天大的消息，请贺扶贫宣布！"

人群安静下来，贺衍深深地吸了一口气说："乡亲们，我是大家口中的贺扶贫。咱这地好啊，地下能产油，地上也能长钱。咱守着金山，就要想法儿变出金子来。要是再换一样种，一亩少说也能挣八千！"

安静的村民开始议论，有人喊："你说的那些我们不懂。种瓜得瓜、种豆得豆，咱种金子？"

"金子还得炼。咱这宝贝疙瘩，摘下来就是钱！"王葛蛋说。

"啥宝贝，还不是苹果蛋！"人群里发出一阵笑声。

"苹果树，摇钱树。这是经过科学论证的，不是我们村干部要搞扶贫的政绩。"王葛蛋着急解释。

这时，村民耿军军问："那要是结不出果，咋个办？"

"还能咋办——干瞪眼。贺扶贫是大学生，下来镀镀金，时间满了一拍屁股溜了，咱还不是面朝黄土背朝天？"眼看着人群七嘴八舌议论纷纷，王葛蛋急忙跑进会议室，坐在话筒前。

贺衍缓缓吐了口气说："大家静一静。今天叫大家来，就是要告诉大家，县上已经开始大力推广苹果种植了。"

这时，几只喜鹊吱吱嘎嘎地叫着落在榆树上。这声音在安静的人群上空，显得格外响亮。再听，话筒里传出的声音说："我今天给大家一个承诺：你们不脱贫，我就不回家。我就不信，过不了这道坎！"

在一片寂静中，树上的那几只喜鹊更加欢腾起来。王老汉先喊了一声好，接着是一声连着一声地叫好，惊得喜鹊扑棱着翅膀，朝村东边飞去。

三

六月，榆树已经长出绿叶。零星的鸡叫狗吠猪哼哼，像是乡村交响曲。

贺衍迎面碰到一个人正赶着山羊过来。山羊边跑边拉着羊粪蛋，咩咩叫个不停。村里人常说，山里的羊，喝的是山泉水，吃的是地椒，拉的是六味地黄丸。那人迎面过来，也没朝他看一眼。走过了，他觉得有点面熟。突然，他记起来了，那个人叫耿军军。他连忙回过头问："放羊去啊？"

男人没有应他，赶着山羊走了。贺衍便跟在后面："我跟你一块儿放羊。"

山羊爬上山坡，钻进草丛里不见了。耿军军也不去管它们，回头看见贺衍还跟着，便停下问："放羊有甚好跟的？"

耿军军弯腰拾了些干柴，生了一堆火，贺衍也在火堆旁坐下来："小时候，我也喜欢跟爹放羊，满坡的羊像天上的云。"

耿军军板着的脸松动了些："羊温驯，我能听懂它们的叫声。"

听着这个新奇的谈论，贺衍忽然有了一个计划。半个月前，单位通知驻村的人回去开会。李雪松夹着笔记本走进会议室，还没落座，先吸了吸鼻子，会议室里有一股怪味。当他反应过来，那些气味是从一个个驻村干部身上散发出来的之后，便仔细打量着几个人。他们的衣服上沾满泥巴，脸颊黑里透红，头发盖住了耳朵，个个像野人，便开了句玩笑："就凭你们身上的这些变化，每个人都能记一大功。"他们几个人互相看了看，也不由得笑出了声。贺衍左右望了望，他们身上确实已经没有了在机关上班时的模样。而这种变化，他之前竟然没有丝毫的察觉。李雪松说，市政府提出推广以湖羊为主的"双千万羊子"规划，他回来后一直在调研方案。

太阳慢慢地斜过头顶，六只山羊从草丛里钻出来，肚子已经吃胀了，围在他俩身边，咩咩地叫个不停。

"你想不想养湖羊？"贺衍问。

"湖羊是个甚？"耿军军眼里闪过一缕光亮。

"是羊的一个品种。政府提供种羊，企业负责羊场。做个养羊专业户，你最合适了。"有一句话贺衍没有说出口，给你一份稳定的工作，王家坪的脱贫攻坚就没了后顾之忧。

"要是有个养殖场，我一定能养好。"耿军军好像还有话要说，却又缄口不语，起身赶着羊向村子走去。

过了几天，耿军军从村委会门口跨进来，喘着粗气说："我想学习养湖羊。我上网查了，湖羊集中饲养成本低，效益高。"

贺衍听完一拍大腿，说："这个主意不错。成立集体经济合作社饲养湖羊，让贫困户在羊场上班，也是一条致富的好路子。"

村干部连夜召开会议，商定集体经济合作社的湖羊养殖模式，决定让耿军军当养殖员。看着这个方案，贺衍脑海里浮现出一种憧憬。湖羊在陕北属于新型品种，村里派耿军军赴国盛养殖基地"深造"。他拍着胸脯保证，一定学到科学配比、绿色养殖方法。将二百只湖羊拉到王家坪，羊下车前，他先下了车，发现村民们早已站在那里，眼里满是希冀。贺衍和李雪松也站在车旁边。

"军军，让你的羊崽们下车吧！"贺衍说。

一群卷毛的绵羊轻盈地跳下来，靠近水槽后像孩子一样，嘴唇轻轻吸吮，喝完咩咩叫唤，慢腾腾地顺着山路向村里走去。路上，贺衍向李雪松介绍："按照繁殖规律，这湖羊两年三胎，每胎二到四只。村里到年底存栏量能达到八百只，纯利润能有二十五万元。"

"一定要把羊看管好，让湖羊成为脱贫增收的产业支撑。"李雪松说。

"这些羊崽儿，对我来说就像娃儿一样，我肯定会管好的。"耿军军笑得嘴巴咧到了耳根。

贺衍边走边指着路边的果树园向李雪松等领导介绍，当看到王老汉的苹果园时，大伙儿忍不住拿起手机拍起了照片。地里的苹果苗横竖都是一条线，间距相等，像受阅的士兵。树苗长势良好，不少树枝已冒出细小的嫩叶，茁壮生长。来到苹果实验园，残阳嵌入山间，大伙儿把鼻子凑到花朵前，深深地吸一口，有杏仁的清香。

看完苹果园，大伙儿抬脚进了王老汉家。这个熟悉的院子比以前宽敞了，荒草没有了，成堆的玉米棒子不见了。夕阳照进院子，循着光线望去，王鹏鹏正坐在轮椅上看着大家，眼神里露着一丝胆怯。

王老汉端出来一盘瓜子说："家里从没进过这么多的人。尝尝，自己种的。"

"家里还有啥困难，给我说说。"李雪松坐在院里的矮凳子上，握着王老汉的手。

"我以前太恓惶，现在能拿合作社的工资，日子就比以前好了。"说着，王老汉的驼背也好像挺起来了一些。

"我看了一路，觉得村里种植、养殖两大产业结构已逐步建立，这是好事。"李雪松舔了舔被风吹裂的嘴唇，"但目前销路是个大问题。"

"要是能把进村的路修一修就好了。"贺衍赶忙上前说，"眼看着果树结了果，猪崽儿长成架子猪，蜂巢的蜂蜜装满了，这些东西拉到县城卖，转手就是红票子。"

"既然说到这儿了，我说说想法。"李雪松站起来，"修路是让车开到田间地头，电商是把东西卖到全国。这是两条腿走路。要是把这两条路打通了，把乡亲们的土特产像蚂蚁搬家一样运到山外，致富就有了翅膀。"贺衍听后，脸上生出一丝敬佩之情。

四

榆树叶黄了，秋色愈来愈浓。果园里苹果压枝，圈里湖羊咩咩。

"修路！"在召开的村民大会上，贺衍说出了自己的想法。村民听了蜂拥过来，把他围在中间。虽然这是众人盼了几十年的事，但真要修路了，大家的反应还是超出了他的预料，唾沫横飞，七嘴八舌。他听懂了大家的顾虑，路面占了东家一寸，影响了西家门口；这树是他家的，砍一棵树苗得赔钱；路修到谁家地里，也想找事赔俩钱。

贺衍说："凿一尺宽一尺，修一丈算一丈。苹果成熟、羊出栏前，一定要把路修通。"

这话起了作用，耿军军带头喊："修路！哪怕脱层皮也要修！"

这边的路开修了，那边的电商却一筹莫展。那天，贺衍带着电子商务培训人员走到村口，碰见王老汉，便叫住说："你娃在外面打过工，估计对电子产品感兴趣。你问下他想不想参加电商培训？"

"还有这好事，不过这电商是个甚？"王老汉听了眼睛发亮。

"这东西，说远了也很远，说近了就是手机连个网，把鸡窝里的鸡蛋卖到山外去。"贺衍笑着说。

"真是神了，甚网能挂得住鸡蛋？"王老汉先摇头又点头，"但你说的，我就信！"

"不是用网挂鸡蛋，是把鸡蛋拍成照片放网上，买的人看到了先付款，再用快递送过去。"贺衍讲得浅显，以便王老汉回家能讲给儿子听。

"以前我不信，现在我信了。"王老汉说着，移脚小跑着去了，"你说的都能成！"

刚喝完一杯水的工夫，太阳还没完全从榆树上升起来，王老汉就推着儿子走进了村委会的门，脸上带着讨好的笑。

培训进行了半个月，技术员与县里的电商平台对接，建了店铺，开了账户，将土特产拍成图片，挂在网上展示。村委会将会议室腾出十多平方米，设立王家坪电子商务服务站，让王鹏鹏当站长。这个沉默的小伙子一天天忙碌了起来。

无路难，开路更难，修路工程推进缓慢。施工队纵使有大型机械设备，可在"之"字路的拐角，还是需要人工在悬崖上像荡秋千一样打炮眼。有经验的村民带着钢钎、铁锤，向悬崖绝壁发起挑战。

很快，先前筹备的修路物资所剩无几。贺衍又向李雪松求援，单位的人自发捐款，筹集够了第二笔修路经费。全村老少齐上阵，钢钎大锤震天响，配合施工队在悬崖上一寸一寸推进这条致富路。

那天早上，贺衍绕着院子跑了几圈，抬头看见王葛蛋走过来，便一同走进会议室。会议室重新粉刷的墙面白得耀眼，墙上挂着电商操作流程，上面密密麻麻有许多红笔圈出来的道道和标注的三角形。墙下的货架上依次摆着鸡蛋、小米、核桃、蜂蜜、荞麦。王鹏鹏坐在轮椅上埋头填单子。这个年轻人自从做了电商之后就像变了个人，天天给贺衍推送微信，让他转发这样那样的内容。贺衍问："哪儿的订单？我帮你填。"

王鹏鹏抬起头说："行啊，你的字写得好看。"陕西五斤小米、甘肃十斤核桃、宁夏两瓶蜂蜜和十斤小米……订单内容五花八门。填完订单，贺衍已经被电暖气烤得暖烘烘的，脱下冲锋衣放在桌上。

"感觉咋样？"

王鹏鹏面带微笑："生意还不错。"

"效益呢，效益咋样？"王葛蛋问。

"给你看看账本，每一笔账都在这里。"王鹏鹏递过厚厚的笔记本。第一笔销售收入一千五百元，其中产品成本、包装费、父亲摩托车油费、快递费，共一千三百六十元，净赚一百四十元。第二笔……

"不错嘛，每笔账都记得清清楚楚。我看本子上记的小米多一些。"王葛蛋拍了拍本子。

"小米加步枪，健康又营养。"王鹏鹏手指飞舞着，在手机屏上敲字，"我现在过得很充实。"

说话间又接两单，订的是小米。贺衍忽然意识到，如果经济贫困是硬贫困，那么精神贫困就是软贫困。电商就是深度软扶贫，让这个年轻人重拾了信心。

说着话，王葛蛋指了指贺衍的衣服，他才意识到桌上衣服口袋里的电话一直在振动。接通电话，听筒里的声音时断时续，他把手机贴着耳边才听清楚："出事了，出大事了！"

两人起身直奔修路现场。下山的水泥路，冬天来临前必须铺设完工。眼看着路基铺好了，施工队赶在天冷前铺上五厘米厚的水泥石子，就可以抛光定型了。结果那天铺的水泥一夜间被毁了，而罪魁祸首竟是两头猪。说来也好笑，王老汉家的这两头猪，踏着这条路完成了它们一夜的逃亡之旅，可天亮前，又折返回来踩在刚刚铺好的水泥路面上。

水泥路成了猪踩泥坑的游乐场。人为了修路赶进度，迁怒于猪。猪没有察觉到自身所犯的错误，只感觉到人的不怀好意。足足有两百斤重的两头猪，看到赶来的人握着铁锹洋镐，扭着屁股跑起来，四个蹄子像鸭子在划水。

人群中的王老汉吆喝着："喽喽喽，可怜的猪要冻死了。"

对付受惊的猪，靠哄已经是不行了。贺衍来不及多想便喊起来："截住，先截住再说。"

"之"字形的山路上，猪被堵在拐弯处，一边是悬崖深沟，一边是里三层外三层的人墙，对峙就这样僵持下来。人群往前走，猪往路边退。等它们的身子挨在一起时，肥硕的屁股已经悬在沟边，再无路可退了。它们哼哼着，用嘴拱着腥臭的水泥沙子，眼睛盯着人们手里的家伙，两只前蹄用力刨地，从一味的退守防御转为拼死突围。但人们早已看穿了这点，王葛蛋从路边捡起一只空水泥袋，准备在它们冲过来时套住猪头。一头猪一惊，转了个弯，从贺衍腿下冲过去，将他掀翻在地，径直朝山上逃。逃跑时屁股上挨了洋镐把的攻击，嘶哑惨叫。另一头猪没逃出包围圈，虎视眈眈地哼哼着。

贺衍爬起来，龇着牙，重新堵住了刚才被撕开的缺口。人往前移，猪脚下的地方变得更小了。王老汉驼背弯腰，他两只手快速出击，一把将猪耳朵提在手里，手指甲嵌入猪皮。王老汉喊："快上手，这猪力气大。"王葛蛋吆喝："抓腿，抓住腿绊倒它。"

人们七手八脚扑上去，贺衍抓住另一只猪耳朵。猪的半个身体被提起来，激烈挣扎也无济于事，几次尝试后，暂时放弃了抵抗，嘴里呼着热气。人们也放松了警惕，好似笃定罪犯已缴械投降，只待正义的审判。不承想，猪积攒了力气，忽然后蹄一蹬地，跃起半尺撞在贺衍身上。贺衍又一次倒地，和上次不同，这次摔下去后，半个身子掉到了沟边，而撞翻他的猪却像子弹一样射进深渊。

贺衍的两只手在空中胡乱抓着，但什么也抓不住，只有从下往上吹的风，如刀子一样划过指尖。忽然，他意识到身体并没有下降，脚被什么东西拽着，他这才听见上面喊："抓紧，往上拉！"随即，身体一点点上升，后背像被压路机碾过了一样，火辣辣地疼。

终于，贺衍感觉自己的意识慢慢恢复了，身体却控制不住地战栗，嘴巴明明在动，却发不出一点声音。天空中日光惨白，他眼里却幻化出一些奇异的景象：果园里的苹果像点点星光，成群的湖羊在山坡上如片片白云，挂在村口成串的灯笼似燃烧的火把。

高塬恋曲

一

七月,盛夏。银杏还是青翠的绿色,但校园里的离别之痛已经渐渐弥漫开去。大学生活就像一阵带着清香的微风从身边轻轻掠过。

每天早上醒来,都会发现有人已经离开,宿舍逐渐安静下来。安小阳环视宿舍几张干净的床板,心里变得空荡荡的。大四这一年,宿舍里的他和老张、李明浩三个人共同决定放弃考研,直接走向社会工作,当时的想法是外面的世界很精彩,只要从这个校园里走出去,就可以大有作为。只有丁栋义无反顾地扎进图书馆,废寝忘食地为考研做着准备。

开始找工作时,安小阳望着自己的个人简历叹气。跟别人相比,他的实践经历实在少得可怜,或许因为把太多时间给了爱情。他凭借勉强说得过去的专业成绩,通过层层面试后,在女友冯薇薇湖南老家的一家文化传媒公司谋到了一份差事。

安小阳将找到工作的消息告诉父亲，没想到父亲却说："回油田！"

他斩钉截铁地回答："不回！"

父亲声嘶力竭地吼："还由了你不成，必须回油田！"

安小阳心知肚明，他学的并非石油专业，回到油田，他就要到山里去，就要穿工装，四年大学等于白念了！这是他一百个不情愿的，最让他不情愿的一个因素是和他相处四年的女朋友冯薇薇。

不可否认，大学是滋生爱情的温床，爱情像苔藓一样从学校这棵古木的各个缝隙中迸发出来。图书馆、食堂、球场、小花园都是爱情的发源地。

大一时，他们宿舍的人全买了电脑，于是上网聊天便成了课余生活的主要内容。他的爱情就是在网上聊天时发芽的。有一天，一个网名叫作"薇"的女孩添加安小阳聊天。此后的一个多月，他和薇在网上不紧不慢地聊着，虽然每晚都准时上网聊天，可是每次都装成是巧遇的样子。直到那年过二十一岁的生日，他邀请女孩一起参加。没想到她竟然答应了。

周六那天，他们宿舍每个人都打扮得貌似相亲的模样，早早地等在自助火锅店门口。等了半个小时，远远看到有两个女孩走过来，其中一个戴眼镜的女孩说："你就是安吧？"

"我就是！你就是薇吧？"眼前的女孩，身材略胖，而且戴着眼镜，说话时的神情仿佛是老师对学生一般，一看就是个学理科的女生。

她笑了一下说："你妹妹在这儿啦！"

他这才仔细打量起另一个女孩，发现她面容清秀，脸上略带羞涩，正笑盈盈地看着自己，便走过去说："幸会，我叫安小阳，这是我的室友老张、丁栋，还有李明浩。"

女孩向他们一一点头致意，接着用悦耳动听的声音自我介绍："我叫薇薇，这是我室友李倩。"

进了火锅店，六个人围着圆桌落座，一时气氛尴尬。丁栋比较有幽默细胞，擅长活跃气氛，他充分发挥他的幽默技巧，讲了一个校园里的笑话："有一天，寝室里有两兄弟心血来潮换床铺睡，原来睡上铺的睡下铺，原来睡下铺的睡上铺。第二天一早，睡在上铺的兄弟鼻青脸肿地哀号：'妈呀，昨晚半夜起来去厕所，忘了自己睡上铺，一脚迈出去，没把我摔死。'睡在下铺的兄弟更委屈：'昨晚想去厕所，摸了几次没摸到梯子，我就憋着没去。'"李倩听完没忍住，一口茶水喷到桌上。

李倩也不甘示弱讲了个笑话："一只饿狼觅食到一个农户家，听屋内女人在训孩子：'再哭把你扔出去喂狼！'孩子哭了一夜，狼痴痴等到天亮，含泪长叹：'骗子！都是骗子！'"

一时气氛活跃,他们敲着碗让寿星讲一个压轴笑话,从进门一直盯着冯薇薇着迷的安小阳一时语塞,好在他随机应变能力强,讲了一个关于"委婉"的笑话:"教授在课上告诉同学们如何提醒别人一些尴尬的事情。比如说如果看见女孩子屁股上有草屑,你们应该委婉地说:'姑娘你的肩上有草屑。'女孩子往肩部看,然后向下——看见了。这时,一个女学生举手站了起来,说:'教授你领带的拉链开了!'"

冯薇薇第一个领会,忽然抿着嘴笑了,绯红的脸颊上露出俏皮的小酒窝。李明浩打趣说安小阳套路太深,出口就是段子,教授的裤子拉链开了非得说领带的拉链开了。大家顿时笑作一团。

在自助调火锅小料时,丁栋和李倩已经聊得火热,两个人一边聊一边笑个不停。调好火锅小料往回走时,李倩一不小心将小料洒在了丁栋的外衣袖子上,她赶紧让丁栋脱掉外衣,用纸巾帮他擦拭衣服。

吃完饭,丁栋提议到北门的练歌房唱歌,两个女生以宿舍关门为由说:"实在不好意思,下次咱们再聚时我们请客去唱歌。"走到学校时已经很晚了,将她俩送到女生宿舍楼下时,李倩执意要丁栋把上衣交给她拿回去洗,丁栋顺从地照办了。

分别时,冯薇薇挽着李倩的胳膊轻轻说:"安小阳,生日快乐!今天晚上我很开心!"

接下来的时光，日子过得依旧平淡。只是在学校的主路上碰见过冯薇薇，安小阳每次都是打个招呼便匆匆走过，但是每次打过招呼，他变得莫名其妙拘谨起来。而丁栋和李倩则在那次聚会之后打得火热，两个人以那件衣服为契机，关系进展迅速。在那次见面后的一个星期，老张说已经看见他俩牵手漫步校园了。

大一那年下半学期，安小阳和丁栋报名参加学校的社会实践团，实践内容是去偏远山区支教。安小阳所在的小分队由三男三女组成，被派往青海湖旁边的一所村办小学上课。在开往青海的车上，安小阳看到冯薇薇也戴着他们实践团的帽子坐在一个女生旁边。

"你也参加实践团了吗？"安小阳问。

"我们系有个女同学家里有急事，所以临时让我代替她参加了实践团，没想到你也去！"冯薇薇说。

"那真是三生有幸啊！"安小阳努力掩饰着激动的心情。

他们被派往金塬乡塔加村德扎小学。到青海的一个小县城，他们并没有过多停留，立刻上了一辆面包车前往支教的村子。一路上颠簸，车子稀里哗啦地响个不停，冯薇薇说真怕它没到目的地就颠散架子了。同去的还有两个女生被颠得狂吐不止。

一路颠簸到了学校，六个人背着背包走下车，看见简陋的学校院子里面，站着由两个中年人和十几个孩子组成的两个纵队，其中一个面容和蔼的中年人走过来和他们一一握手，用比较生硬的普通话进行自我介绍，说他是这个村子里的教师卓玛，另一个年纪稍大的是他们的村主任。

第二天孩子们前来上课，六个人全都愣住了。早上学校举行升旗仪式，由两个学生负责升旗，剩余的孩子站成两排，在老师用笛子吹奏的国歌声中，目送国旗缓缓升上旗杆顶端。升旗仪式结束后他们便开始给孩子们上课，上课时卓玛老师默默地坐在学生们的后面，一笔一笔详细记录他们讲课的内容。

距离学校一公里处有一条河，学生和老师每天吃的水就是从那条河里背来的。发现卓玛老师每天早早起床背水的事情后，他们不再让卓玛老师背水，而改由三个男生轮流背水供应日常饮食。

轮到安小阳去背水，他早早起来，背上竹篓出了校门，看到冯薇薇在前面的路上跳绳，便和冯薇薇边走边聊。来到了小河边，冯薇薇看到河上有一座独木桥，便上去摇摇摆摆地走起来。安小阳刚把水桶放在河里，就听见扑通一声，抬头看见冯薇薇已经掉进河里，上游河道窄，水流急，冯薇薇几次想站都没能站起来，在水里翻滚。安小阳赶紧从独木桥上跳下河去，游到冯薇薇身边，一把抱住冯薇薇。好在河不是很深，只到两个人的胸口。冯薇薇惊魂未定，紧紧地抱着安小阳哭得撕心裂肺。清晨的河水有些冷，两个人就这样颤抖着在河里拥抱了许久。从那以后，每当安小阳去背水时，冯薇薇早早等在路边，一路说说笑笑，开始一天的美好时光。

安小阳坐在河边的独木桥上，安静地看着冯薇薇挑选光滑如鹅蛋的石头，享受金塬乡的第一缕晨光，早晨的光湿漉漉地裹着些许温暖，像极了女孩的初吻，轻轻地贴在他的脸上。冯薇薇挑选了一块红色的心形石头，一刀一刀刻出"执子之手，与子偕老"八个字，塞进安小阳的口袋里。

安小阳说，他后来无数次梦见过这个场景，冯薇薇轻卷裤脚，手里抱着四五颗心仪的石头，回眸对着他微笑，一缕打湿的头发沾在脸上，那时，山顶的晨光正好直射到她眼睛里。那一刻清清凉凉的小溪波光粼粼，像一块天然的反光板，照亮了逆光里冯薇薇俊俏的身姿。他发现有一颗久旱逢甘露的爱情种子，被眼前的这条山泉浇灌，开始苏醒、发芽，即将破土而出。

安小阳回忆支教时，还要提到这句话："那晚月色美！"那个夜晚，月色如银。院子里浓郁的丁香一簇一簇，一串一串的紫色小花蕊，如同少女闺房悬挂的风铃在轻风中摇曳。卓玛老师和他们六个支教的学生在院子里聊天，兴致正浓，拿起葫芦丝吹奏了一曲《月光下的凤尾竹》，曲调悠扬，仿佛能穿越时空，他们在曲径通幽、郁郁葱葱的凤尾竹林里漫步前行。安小阳如痴如醉地看着当空的月色，说这曲子让他想起了甘肃定西的老家，他还发现更加惹人心怜的，就是冯薇薇满脸痴迷地望着他的眼神。

一个月的支教生活很快就结束了。安小阳对那个山清水秀的地方恋恋不舍，在旗杆的中央刻下他的名字。回到学校后，安小阳和冯薇薇的恋情浮出水面。从此安小阳跟所有女生的男朋友一样，每天帮冯薇薇打开水，晚上送冯薇薇回宿舍，和冯薇薇在校园里出双入对。后来冯薇薇对于轻率地答应做安小阳的女朋友心有不甘，逼着他补交一篇情书以满足她的虚荣心。四年的相伴，从热恋到平静，他们适应了拥有彼此的日子，习惯了相互陪伴的岁月。在快毕业的那几天，冯薇薇的父母打电话说，家里给她找了份工作，在一家通信公司。那几天，他和冯薇薇在又悲又喜的矛盾中度过。

安小阳是在西安北边的大油田长大的，当年选择早早上班的同学，遍布油田的各行各业，他们有着和父亲一样黝黑的皮肤，他们反馈给他的信息是，采油一线就是偏僻、荒凉、单调、寂寞、无聊的代名词。他不想把美好的青春交付给大山，他不想重复家里两代人走过的路。但是父亲还是给他报了油田的招工名额。

毕业前一个月，爷爷、母亲、七大姑八大姨，都被父亲发动起来，展开了对安小阳的劝说车轮战。父亲是退伍军人，在大油矿保卫部当副科长，脾气倔强。母亲是一线工人，退休后在家读书写文章，经常在报纸网站上发表，权当退休后的消遣。

爷爷说:"啥工作比油田上的好?"

父亲说:"啥工作比油田的工作稳定?"

母亲说:"咱们家几代人的关系网都在这个油田的圈子里面!"

姑姑说:"你回来了我们多多少少照看着你!"

安小阳据理力争地只有一句:"为啥我不能留在外地?"

僵持了一个月,精疲力竭的安小阳终于让步了,他说:"去就去,我就不相信去采油还能死人!"

父亲喜出望外,嘿嘿嘿笑出了声。

告诉冯薇薇这个消息,她伏在安小阳的肩头哭得像个孩子。

"真想时间就停止在现在,我们一直躺在这学校的操场上。看,你看这星星多美,不知道你去的那个地方会不会有这样的夜,我们会不会变成这天上的牛郎星和织女星啊。"

"这四年是我最开心的日子,能和你到青海的学校背水,看夕阳,等落日。我们一起在古城墙上骑单车,累了就坐在城墙上说笑话,去回民街挑点你喜欢的小东西。"

安小阳把冯薇薇搂得更紧了,生怕一松手就不见了。他们一遍又一遍重温着四年来经历的点点滴滴。

他俩有了一个约定:"奋斗三年就结婚!"

冯薇薇走的那天,安小阳把她送到火车站,强忍着心中的刺痛，和她抓紧这最后的时间话别。

火车开动了，安小阳一路追着火车，直到看不见踪影，他的心中莫名地失落，仿佛被什么掏空了，一时间脑袋一片空白，看着渐渐走向天边的那一个点，终于忍不住蹲到地上放声大哭起来。

二

窄窄的一条山路像一根绳子在巨大的山上绕着，一路绕得人头昏脑涨、不辨东西。车子惊起了一只在路边草丛中找食的灰色鸽子，鸽子奋力振翅，越飞越远，越飞越小，最后在瓦蓝瓦蓝的背景里变成一个黑点。而瓦蓝瓦蓝的天空下，一道一道山梁横亘裸露着，像一匹匹黄褐色巨大的野兽。车上的安小阳一路默默不言，只是用一双好奇的眼睛透过车窗，打量着陕北陌生而充满神秘感的黄土塬。

安小阳从西安一路长途跋涉进入陕北地界，越来越荒凉的风景让他心里沉沉的，小心脏也随着皮卡车的颠簸开始忐忑起来。黄土地带的油田，就隐藏在这片黝黑的阴影中，像一棵戈壁滩上的红柳在苍茫大地中隐约浮现。一路上的路牌越走越生僻，铁角城是一个小镇子，刘崾塬是一个小村庄，王家坪是只有几户人家的山弯弯，王盘山是坐落在路边的新农村，张老湾是一个贸易交易点。司机一路熟练地开车，一路口若悬河地介绍，唾沫星子堆满嘴角。他拿出半包香烟，给一脸严肃的安小阳塞了一根，自己点上一根狠狠吸了一口，然后吐出一个很规整的烟圈。那盒皱巴巴的香烟被他抽完，一把扔出车窗外时，司机指着车前一个路牌说："到站了！"那个路牌斜挂在一根电线杆上，蓝色的喷漆剥落了三四块，安小阳斜着身子才看清，那上面写着一个地名，两个后来一直刻在他记忆里的字：高塬。

初到高塬镇，到处是井架，到处是旷野，似乎与眼前的世界有点格格不入。街道被车碾得变了形，风呼呼地拍打着土房子，昏黄的沙土漫天飞舞。看惯了繁华都市，乍一变换环境，一时让人扭转不过来。小镇富有地域特色，圆形的桌子、红色的塑料凳，挨挨挤挤地占据了好长一段人行道。

在这里每天的感受，安小阳都和冯薇薇通过短信汇报：

"我在这里很好，我们现在在岗前培训。"

"食堂的饭菜很好，你放心，我都胖了。你好吗？"

"来这里工作的大学生很多，现在培训，在这个地方，男多女少，周围的兄弟们都瞄准了哪个女生能追，可是我心里只想着你。"

"我好想你，等我休假了就去看你。"

从清晨到黄昏，安小阳从来没有觉得时间过得这么漫长，从前和冯薇薇在一起时，总是觉得时间匆匆，可现在是度日如年。镇上的烧烤与炒菜的香味到处弥漫，待几个醉意蒙眬、词不达意的食客离席，夜市才开始打烊。缥缈的一弯新月渐渐地凸显出来，劳累一天的人们开始从小镇的街上隐退去。他站在这大山之巅的夜色里，感觉到了命运的不可抗拒。俯瞰着群山大地、灯火阑珊的油区，曾经七彩的青春梦，被石油笼罩在了其中。

一个月集中实习后，生产经理说："只有品尝了单井生活的寂寞并顶住了偷油贼的骚扰，才能增强工作责任心，才能做一名合格的石油工人！"

安小阳被分到了新44井组看单井。虽然早早就预想过单井生活的艰辛，但新44井的艰苦程度还是超出了他的想象。那段时光，被记忆储存成黑白的内存，每次放出来都像是无声电影。

新44井管理两口油井、一口水井。他住的铁皮房，是他见过的最简陋的房子。房内陈设着一张床、一张桌子、一个老式带烟囱的煤炉。被岁月风蚀得千疮百孔的铁皮房内，永远和大自然的喜怒哀乐同步。外面刮大风，里面就"雾霾"笼罩；外面下大雨，里面就下起"如诗如幻"的小雨。

当时，被安小阳视作珍宝的是第一次上井时母亲硬塞在包里的满满一盒肉臊子。煮面时，少放一点肉臊子，然后随便放点菜叶，就是美味佳肴。而肉臊子一吃完，就只有吃土豆白菜加挂面的份儿了。

单井生活孤独乏味，寂寞无趣的安小阳就越发怀念那些已经成为过去的日子,大学的点点滴滴现在回头看是多么美好。他闲着没事,就喜欢跟大学室友丁栋煲电话粥,把一肚子的苦水都向丁栋倒了出去,心里才舒服一些。

傍晚出来坐在井场边上,安小阳看着落日映照下的天空,还有远处红彤彤的云霞去思念心中的人儿:我好想你,你现在干吗呢?如果能和你一起欣赏这落日霞光就好了。

去大班工作几乎是每名单井员工的梦想,所以各单井的看井工都暗自较劲。安小阳为了脱颖而出,除了每天细致地打扫卫生外,他还像泥瓦工那样在井口拉根线找基准,然后用土夯实,再用泥抹得平平的、光光的,让井场看起来特别平整。

有一次厂里的检查组到他看的单井上检查,检查组的一个戴眼镜的领导和一个拿相机的通讯员找他收集素材,说他是新分来的大学生,对石油一线有很多切身感受,能挖掘一下闪光点。

检查组快上车时,那个"眼镜"对着安小阳说了几句话:"我看你是个好苗苗,要多看多写,尤其是新闻报道。日常工作生活中多留心,要记在心里,写在纸上。厂里现在缺笔杆子,你要把握机会,有希望到重要岗位上干一番事业。"上车时,拿相机的通信员说刚才的领导是厂办的李秘书。

晚上他给冯薇薇打了电话,听筒里的声音嘶哑。安小阳问她怎么了,她只说感冒了。听了安小阳一天的经历,她好像思考了很久,才说:"不能让专业荒废了,好好施展你的才华,好好锻炼几年,你懂的会更全面,发展也会更好。"跟女友腻歪了十几分钟,在她说要睡觉时,才依依不舍挂了电话。

又过了三个月黑白记忆的日子,安小阳如愿以偿地被调整到井区部大班工作。

三

来到井区部后,安小阳的生活比以前在单井上丰富了不少,但是和西安的生活相比,还是天差地别。为了打发下班后的时光,安小阳和李强时常组织"挖坑总动员"这种活动,还美其名曰丰富青工业余生活。

安小阳刚刚到井区部不久,调度通知147井组憋罐,副井区长李强带着安小阳和两名焊工,连夜上147井保拉油。两天一夜时间,他们四个人加装了三具事故罐,确保油井恢复正常生产,原油拉运也恢复正常。喜悦的心情还没平复,就遇上了一场暴雪,他们与看井的一名员工被困在井场。安小阳高烧感冒,李强把自己的绿色棉袄脱下来,给他穿上保暖。被困的第二天就没了食物,水也很快喝完了,井上只有一张床,一只一千五百瓦的电炉子。几个大老爷儿们全身油污，蜷缩在地上睡觉，作业区救援队伍到达现场时，他们已经筋疲力尽。李强的那件棉袄被安小阳一直保存着，这也让安小阳和李强成了患难兄弟。

三个人席地而坐，安小阳、李强，还有一个凑局的同事一边打牌一边聊天，热火朝天。

"45678，顺子。小阳，你到底跟你女朋友怎么样了？"李强快人快语发问道。

"56789，压死。我们家薇薇在湖南，在通信公司担任一个小经理。"安小阳说。

"要不起。这工作还可以啊！"凑局的同事说。

"10JQKA，压死。778899，连对。湖南也是个好地方，但好地方人才太多，诱惑也多！"李强瞥了一眼安小阳。

"要不起。其实她一个人在湖南打拼挺不容易的，她一直说让我离开油田，让我和她一块到湖南发展！"安小阳回了一句。

"QQKKAA，压死，一对3。异地恋啊，难！"凑局的同事摇着头。

"一对2。可怜的人！"李强说。

"守得云开见月明！李强你找女朋友的事情要抓紧啊！"安小阳点了根烟说。

"要不在油田再找一个呗！"凑局的同事也从安小阳的烟盒里抽出一根烟。

"一对3，我赢了。不要竹篮打水一场空，回头找我喝闷酒。"李强拿手挥了挥笼罩在脸庞的烟气。

第二年八月，井区部分派来了四个实习大学生。为了让新分派来的大学生早点进入岗位，适应新角色，井区长孟庆在食堂为他们准备了丰盛的晚餐，之后还举行了一个小型联欢会。联欢会开始，孟庆眼见气氛沉闷，就站起来讲了个笑话。井区长五十多岁，头发也极其稀疏，脑门锃亮，一些被染得乌黑的头发像没有边界意识的藤蔓一般，爬过清亮的头顶，与另一侧勾连。他的庆阳方言腔加上扭捏的语调逗得食堂里的人哄堂大笑，大学生们也都笑起来。井区长孟庆等笑声平静下来，指着一个叫曹萌的女孩子故意板着脸道："笑就对了，都是一群长得水灵灵的娃，下面你们一人也表演一个节目展示一下！"

大伙的目光全聚焦在这个叫曹萌的女孩脸上。女孩长得极标致，被大家一看，脸一下红透了，小脸如同红苹果一样。井区长故意问："是不是还要个帅哥和你搭档啊？"

她站起来使劲摇着手没说话。

旁边有人起哄道："井区长你不行啊，这节目接不下去了你就不能算过关！就得受罚，再讲一个段子。"

井区长一本正经地冲那女孩说："哎呀，小同志，你要是再不表演我可要挨罚了！"说完还故意装出一副可怜样。

那女孩接过井区长孟庆手里的话筒："谁唱一首歌，我来伴舞。"

一口脆生生的普通话。全体人先是一惊,然后起哄鼓掌。女孩异常镇定,又抬起头环视了一周,在逐渐平息的笑声里,最前面桌子上的一个黑黑的汉子走到点歌机前,熟练地点了一首刘德华的《天意》,音乐响起前,有人起哄:"李强,点一首《对面的女孩看过来》唱一下!"

站在人群中间的李强笑了一下,露出白白的两排牙。李强身高一米八,黑黑的皮肤加上健壮的身体很有施瓦辛格的风范。他十七岁从石油学校毕业,早早地加入了石油大军的行列。

音乐响起,李强浑厚的男中音引来掌声一片,女孩先是一怔,很明显她是没想到有人点这么一首老歌,随即在大家灼灼的目光里,踩着音乐声双手高举,身体前倾,左脚向后舒展开始翩翩起舞。

"如果说,一切都是天意,一切都是命运,终究已注定。是否能再多爱一天,能再多看一眼,伤会少一点。如果说,一切都是天意,一切都是命运,谁也逃不离,无情无爱此生又何必……"

身上的红工服也掩饰不了曹萌的苗条身材,她在人群中央跳跃回旋,舞蹈高潮即将到来时,单膝点地,身体四十五度后仰做出一个激昂的动作,人群中不时有掌声传来。在音乐结束时,曹萌做了个标准的芭蕾收式,巧妙地落座在自己的凳子上。

李强和曹萌的表演将晚会的气氛推向了高潮。那天晚上，曹萌一下子成了名人。不出所料，曹萌成为那批大学生中第一个谈恋爱的。但没有料到的是，恋爱的对象竟然是李强。

四

十二月的一天，李强到安小阳宿舍，说下周是曹萌的生日，他想给曹萌办一个浪漫的生日 Party，这也是曹萌来油田的第一个生日，他不想让她在忧伤中度过。安小阳看着恋爱中晕头转向的李强，便帮他策划了简单的生日聚会。

那天，安小阳在镇上订了个包间，把带来的蜡烛摆成一个心形，点燃蜡烛，把生日蛋糕放在"心"的中央，将生日蜡烛小心翼翼地插到蛋糕上。一切安排就绪，恭候曹萌的到来。

李强正念着安小阳给他写的台词，门忽然开了，被蒙在鼓里的曹萌看到心形的蜡烛和蛋糕，脸上充满了惊诧，眼睛睁得大大的，站在门口一动不动。

"萌萌，今天是你在油田的第一个生日，祝你生日快乐！"李强走过去，拉起曹萌的手说。

曹萌没有说话，眼里现出深深的感动，两行泪已在脸上缓缓流淌……

点燃蛋糕上的生日蜡烛,曹萌双手合十,双眼微闭,许了一个心愿。随后两个人一口气把蜡烛吹灭了。

"这里还有一个礼物送给你。"李强从怀里拿出一个精致的茶杯给她。

"茶杯?李强,你可真够抠门啊。"曹萌开玩笑地说。

"礼轻情意重嘛!不过,萌萌你太不仔细了,你看看杯子上的字。"

曹萌这才注意到茶杯外壁上镀了一首小诗,便轻轻咏了一遍:"假如爱有天意/我们注定会相遇/纵然茫茫人海/分离还会相聚/假如爱有天意/一颦一笑是那么自然/你的深情我永远无法忘记/无数开怀的笑颜流淌在心底/假如爱有天意/无论世态如何变迁/你是我心中永恒的唯一/我仍然深深地爱着你。"

"你写的?"曹萌问。

"那你说呢?有哪个傻小子会这么无聊?"李强看着包间的一个角落笑着。

"唔——想不到你还有这样的文采!"曹萌看着李强一脸陶醉。

"遇上你就是我的天意。"李强深情地抱起曹萌。

看着这幸福的一对人儿,安小阳忽然伤感起来,他和冯薇薇一直周旋在分手与不分手之间,两个人似乎是辩论赛的双方，各执己见，又不分上下。他一有空就给冯薇薇发信息："最近你很反常，到底怎么了？"

五分钟过后，冯薇薇的信息到了："这么长时间没说，是怕影响你的情绪。现在工作稳定了，见你每次兴奋地说工作的事情，我看得出来你很喜欢现在的工作。最近有亲戚要给我介绍男朋友，父母也在劝我，叫我面对现实。我不可能辞了现在的工作去你那里，你也不会为我丢掉现在的工作吧！"

"你忘了咱们的三年之约吗？"安小阳快速回复了一条短信。

"我……现在很矛盾！"冯薇薇回复。

无休止的对话仿佛一副重担，压在他俩的肩上，争论得越多，心情就越压抑。

五

八月天的太阳毒辣辣地烤着大地，空气像凝滞了一般，没有一丝风，连路边的树木都无精打采地打着瞌睡。安小阳和另一个大班的班员在山上巡线，他脖子上的汗珠子已经流成一行一行，打湿了一大片衬衫。

"确定你就是我的唯一，独自对着电话说我爱你，我真的爱你……"安小阳的手机突然响起，一听是专门为冯薇薇的来电设置的铃音，安小阳按下接听键说："我想你了。"

"阳阳，我下午五点到你上班的地方，今天是你的生日！"电话里说。

"啊？你来也不提前说一声，我好接你！"

"我下午五点多到。这会儿在县城的车站里。"

"真的吗？我接你！"他压抑不住地提高了声音。

安小阳赶紧给李强打电话预订了一桌晚饭。回到井区部，李强已经等在了院子门口。井区部的院子说大不大，说小不小，方方正正的院子里面三排平房一栋办公楼。安小阳来到院子里时，连门岗的老大爷都对他笑得很神秘，他想，女友要来的消息在这个院子里肯定已经被传得人尽皆知了。

看到下车的冯薇薇，安小阳怔住了。她穿了一双皮靴，紧身裤上是一件小夹克，这身打扮在这座山上挺少见，而她一头栗色长发，更是这山上的稀罕物。一直到她站在他面前，安小阳还没回过神来，他的脸烫得发红。

看到安小阳的模样，李强赶紧笑着接过冯薇薇手里的蛋糕，顺势用肘顶了一下六神出窍的安小阳。

拉着冯薇薇的手，安小阳一直到包间，再也没有松开过。李强订的吃饭的地方依旧是"傻儿鱼"，一个在陕北到处都能找到分店的大型连锁餐厅。吃饭的人都已经到齐，九个人刚刚坐满一桌子。

桌子上已经摆好了几个凉菜，李强咬开酒瓶盖，往杯子里斟着，伸手要拿冯薇薇面前的杯子，安小阳赶紧伸手捂住，说："她不喝酒。"

李强的手停在半空里："还真怜香惜玉啊！"

井区长也笑眯眯地说："行了小阳，不会让你女朋友多喝，意思一下。"

安小阳连连摆手："她真不行。"

"一来今天你女朋友来看你，二来今天你过生日，也算是双喜临门，必须得喝一个。"井区长说。

"你不给我这个副职面子，也得给咱们老大面子吧！"李强向井区长挤挤眼笑。

"明天给你放一天假！"井区长说。

冯薇薇侧开身让出一个上菜的空当，李强就势拿过酒杯，倒了小半杯："小冯不会喝就意思一下吧。鱼来了咱们开吃啊。"

美味的傻儿鱼调动了大家的情绪。一桌人吃着说着，气氛渐渐热闹起来。

冯薇薇举起杯子，大方地说："今天是阳阳二十七岁的生日，谢谢你们对他的照顾，这杯酒我干了，大家随意！"

一杯喝完，李强也举起酒杯："小阳咱俩喝一个，你和小冯结婚时我给你当伴郎！"

冯薇薇看了一眼安小阳，微笑的脸上闪过一丝异样的表情。

在饭局进行到下半场时,酒到酣处的一桌人开始闹酒,拉东扯西,吆五喝六,一个个全没了斯文样。先是猜火柴棒,九个人最多攥九根火柴棒,猜对了罚一杯。后又玩老虎棒子鸡:"老虎吃鸡,鸡吃虫,虫吃棒子,棒子打老虎。"筷子一响,口号喊出,几下就分出了胜负。在他们连连的进攻下,主角安小阳终于败下阵来,冯薇薇也替他喝了不少酒。

最后吃蛋糕前,他俩同时将蛋糕上的蜡烛吹灭。切开蛋糕时,井区长不胜酒力溜到了桌子下,李强赶紧找人将井区长弄回了宿舍。从井区长宿舍出来,李强说:"你们结婚时,可得请我当伴郎啊!"

冯薇薇眼神黯淡,尴尬地笑了一下。李强察觉出她的不自在,赶紧换了话题说:"那你们赶紧休息,探亲房都给你们收拾好了。"

回到探亲房,趁着安小阳洗澡的时间,冯薇薇飞快地换了件粉红色的睡衣,躲在被窝里面。

安小阳洗完澡出来,熄了灯,两个人躺在床上,一肚子的话忽然不知从何说起。

黑暗中冯薇薇拉开了话题:"上次我给你说的事情,你考虑得怎么样了?"

安小阳拉住冯薇薇的手,一阵沉默。

"我记得你以前不像现在这么优柔寡断啊?"

"你知道我这三年咋过来的,"安小阳松开握着的手,

"你能明白，一想起你，心就会绞着疼那种感觉吗？"

"你的心我了解！"冯薇薇搂住他的胳膊说，"跟我回湖南吧！这样咱们又可以在一起了。"

"油矿流传着一句话：穿上工衣无法拥抱你，脱下工衣无法养活你。我现在才尝到这滋味。"

"呵呵，本以为我的爱情，可以超越距离。我太傻了！"

"三年了，咱们结婚吧！"

"结婚？结婚容易，结婚后怎么办？还是两地分居吗？"冯薇薇哽咽着说，"你知道我一个人在湖南，有多不容易？你考虑过我的感受吗？你别太自私了！"

"我……"

"两条路，要么，跟我回湖南结婚；要么，要么分开过！我们的青春都耗不起了！"冯薇薇语气坚决。

"我爷爷干了一辈子石油，我爸爸干了一辈子石油，我妈妈干了一辈子石油，我现在才知道，我的血脉在这个大油田啊！"安小阳仰头止住流出的眼泪。

"那我们这几年的感情算什么啊？"冯薇薇泪水涟涟。

直到这时他们才发现，就是现在这么近的距离，他俩之间也已经横着一道不可逾越的鸿沟，工作三年的时间已经将两颗心生生地隔在了鸿沟的两边。

安小阳想将床头的灯打开，冯薇薇忽然伸出手将他的手按住，将冰凉的嘴唇紧紧地贴在了他的唇上。安小阳惊讶地抬起另一只手伸向床头，黑暗中摸索了几下将灯打开，一瞬间床头柔和的光幽幽地笼罩住了两个人，安小阳看到半倚在他身上的冯薇薇满脸泪水，面色潮红如桃花，领口松松垮垮，露出瓷白瓷白的皮肤。

安小阳后知后觉，他后来才想起来，那天从见到冯薇薇，她一直就很反常。当聚集的能量终于从火山口喷发出来，安小阳恍惚间有种冲刺一万米后脑袋缺氧的眩晕感。原本独立的两个人，竟然可以通过这样的方式紧密相连。如果身体交接得密不可分，是否就可以直抵对方灵魂的深处？

第一次混乱过后，他俩一夜再也没有说一句话，只是像大四毕业时一样，彼此搂得紧紧的，生怕一松手就再没有拥抱的机会了。

安小阳也不知道自己是怎么睡着的，醒来时天色大亮，他迷迷糊糊地睁开眼，忽然有种不祥的预感，胡乱穿上衣服，从房间冲了出去。

赶到门岗房，门岗房的大爷愣着看了他几秒钟："你女朋友走了，你也没送送！"

安小阳愣了几秒钟，发了疯似的冲到小镇街道上，寻找一圈后又冲往县城的方向，他冲到一座高山之巅，一直眺望着面包车从山顶盘旋而下，一点一点消失在视线里。

他久久地站在高高的山上，火红的身影，像火焰一样燃烧着。

六

　　曹萌说李强陪她走过了刚来油田最无助的几年，她要陪李强走过一辈子。

　　李强邀请安小阳当他婚礼的伴郎，安小阳犹豫再三，最终还是选择去陪伴这位患难兄弟走过那一段最耀眼的红地毯。当初李强说要给安小阳当伴郎，结果让时间导演成了安小阳给李强当伴郎的剧本。安小阳脸上始终挂着笑容，那一天下来笑得脸有些累。几天后的一个晚上，李强打电话说："我今天待客，请朋友唱歌，晚上你和我一起去吧。"

　　"有美女啊？"安小阳问。

　　"有美女，有大美女！刚好抚平你受伤的心灵。"李强在电话里调侃着说。

　　"我现在是金刚不坏之身，你随便在我的伤口上撒盐吧！"安小阳装作一副无所谓的样子。

　　"哦对了，这位美女还是咱们厂机关的！"

　　"莫非是对我早有耳闻，垂涎已久……"

　　"我见过无耻的人，可没见过你这么无耻的人，你到底去不去？"

　　"我也就委屈一把，满足一下女人的虚荣心好了。"安小阳说。

"你自恋得简直让人想吐。晚上八点，音乐汇！"说完李强便挂了电话。

安小阳来到"音乐汇"，推开包间门，震耳欲聋的音乐像巨浪一样朝他袭来，包间里面除了李强，还有一个和曹萌正聊得热火朝天的女孩。李强正撕心裂肺地唱《光辉岁月》，耳不忍闻。

李强看见安小阳，放下话筒，走过来给了他一个结实的拥抱，转身拉着安小阳坐到沙发上介绍："这位帅哥是我的兄弟安小阳。瞧这名字起的，小太阳，真是名如其人啊！那么这位呢，就是陈璇，这名字就更不得了，一听就是大美女！"李强眉飞色舞地介绍着。

安小阳和陈璇礼节性地握了一下手，安小阳顺便打量了一下眼前的女孩。瓜子脸，一副精致的窄边黑框眼镜，身高一米七左右，一件黑色的休闲T恤搭配一条泛白的牛仔裤，高高梳起的马尾辫让她不失文雅，又不流于媚俗。

"安小阳，你迟到了十分钟！我忘了告诉你，今天谁迟到谁埋单！"曹萌对着坐到沙发上的安小阳说。

安小阳刚要开口，李强笑着说："曹萌开玩笑啦，你别当真。别人唱歌要钱，我唱歌是要命，两位美女听着我的鬼哭狼嚎，早就抗议了，咱们喝酒！"李强说。

李强叫来服务员，点了两打啤酒，又让陈璇、曹萌点了一大堆小吃和果盘，李强把钱付清以后，大有今朝有酒今朝醉，不醉不归的架势。

"今天既然来了，咱俩谁也别想站着出去！"李强慷慨陈词。

"行，还是那个纯爷们儿！"安小阳高声叫道。

"陈璇，你也喝点！我知道你能喝！"这话李强已经说了好几次。

"不是说了嘛，我得开车。要不然，两个你也不是对手！"陈璇搂着曹萌说。

李强苦笑了一下，看了安小阳一眼，然后说："这你都看出来了？这就是机关培养出来的女汉子！"

"李强，你说谁是女汉子！"曹萌笑着将一包杏脯砸在他胳膊上。

"她是哪个单位的？"安小阳问。

"陈璇是咱们展馆的解说员啊！"说着曹萌跷起了一个大拇指。

"原来是这样，要么听她唱歌像天籁之音呢，原来是师出有门！"安小阳借着酒劲儿说。

"见笑见笑，你们俩也唱首歌?"陈璇说。

安小阳刚想说话，被李强给抢先了："陈璇，今天让你听听我们小太阳的天籁之音！"

"李强，你喝多了吧，说话都大舌头了！"安小阳狠狠地说着，伸手一把将李强剥开的杏脯放进自己嘴里。

"对，对，唱一首，就唱刘秉义的那个什么，什么来着？"李强接过陈璇手中的麦克风，塞到安小阳手里。

"《我为祖国献石油》！"曹萌说。

"对！对对！《我为祖国献石油》。"李强大着舌头说。

"我唱不好这首歌，换首别的吧。"安小阳说。

"选哪首？"陈璇已经站起来，朝点歌机走去。

"《曲终人散》吧。"安小阳说。

"我终于知道曲终人散的寂寞，只有伤心人才有，你最后一身红残留在我眼中，我没有再依恋的借口，原来这就是曲终人散的寂寞……"

歌声顺着话筒线从音响里传出来时，陈璇的目光不自觉地看了看安小阳，喝完酒的安小阳脸颊通红，但那俊朗的眉宇间好像写着许多苦涩。

这首歌她在歌厅里也唱过，但每次都是活泼欢快的氛围，今天被眼前的这个男孩唱出来，却变得如此沧桑，似乎此时才能深谙这首歌的内涵，韵味就更加别致了。到歌曲快结束时，她分明听见了安小阳颤抖哽咽的声音，看到他仰起头时眼角的泪痕……

歌声未落，李强已经带头鼓掌。

"再来一首！"曹萌起哄。

陈璇静静地在沙发上坐着，没有鼓掌，没有说话，她的意识还没有从他的歌声中走出来。

七

  周末，安小阳被李强生拉硬拽坐到私家车上。从第一眼看到开车的陈璇和副驾驶上的曹萌，安小阳就明白了李强说的爬山完全就是一个阴谋。车子一脚油门出了基地，很长时间才拐进了山里的林荫小路。继续向前行驶，清澈的溪水在山石间尽情流淌、跳跃，那特有的哗哗声响，让这空间变得更加清幽致远。下车来到河边，陈璇微闭着双眼，深深地呼吸着山涧清新的空气，陶醉在这天然氧吧之中。

  他们来到山下，陈璇登上山脚小路，曹萌跟在身后，很有专业登山运动员的范儿。到了小山坡边缘，安小阳抬头发现两个女孩那红色冲锋衣和蓝色天空、墨绿色松树、灰色山石构成了一幅美丽的风景。在山顶休息时，安小阳自告奋勇，用陈璇的单反相机为他们拍了各种凌空飞翔的照片。

  下山时，极目远眺，幽谷千尺，怪石嶙峋，尽收眼底。曹萌说："这么美的风景，唱首歌吧！"

  "我专门下载了一首应景的歌，放给大家听一下。"李强掏出手机附和道。

  刚开始只是李强在哼着曲调，然后曹萌也加入了节奏，安小阳和陈璇也被这种情景渐渐感染，放开了声调，在空旷的山里唱起许巍的那首《旅行》。

他们唱得酣畅淋漓,唱得心花怒放,平日里的郁结、烦闷此时此刻统统被一扫而光。此时,夕阳就像魔术师,用一把巨刷把这挺拔的岭、高耸的峰涂抹得金碧辉煌。四个全身沐浴着金色的年轻人,肩并着肩一步步走下山。

爬山回来后,陈璇以送照片为名,以各种工作为由,成了安小阳班里的常客。她爱说爱笑,不久便和班里的人打成一片。陈璇的大气还有靓丽动人,安小阳都看在眼里,他无法不被眼前这个女孩吸引,无法去排斥她,但也无法接受她,可陈璇已经走进了他的生活,并正成为他生活的一部分。

井区部组织职工参观厂展馆,安小阳跟着浩浩荡荡的参观队伍来到展馆门口,忽然出现了一个熟悉的面孔。陈璇大方地站在展馆门口,开始了讲解工作:"欢迎来展馆参观……"

自信大方的仪态、标准流利的讲解、投入用心的引导,安小阳拿着笔记本认真记录时很像听老师讲课的小学生。看着她姣好的面容,似乎能闻到空气中有暗香浮动。

从展馆出来,他看着陈璇额头上细细的汗珠,对她笑着点了点头。陈璇也以笑容回应,对安小阳说:"我和曹萌是好朋友,她给我说了你的经历。每个人都要从过去的阴影里走出来!我珍惜自己的缘分,我对你的印象挺好的,我想我们可以做朋友。"

安小阳一时语塞。

冯薇薇走了，安小阳就是一个没有灵魂的躯壳，就是一只没有线牵的风筝。来到油田后，安小阳想过失去在大城市工作的机会，想过失去发挥大学所学专业知识的平台，想过失去工作之余游览大河大山的自由，所有能失去的一切他都想过，唯独没有想过有一天他会失去相恋七年的爱人。

李强打牌时的话一语成谶。安小阳几乎每天找他喝闷酒，而且专门喝高度数的烈性酒。每天一瓶酒下肚，安小阳有时哭，有时笑，李强和曹萌使出浑身的解数也只会换来一声叹息！

身边的人都问："小阳，你条件也不错，再找个女朋友吧。到底想要什么样的？"

他也只是一笑应之。

李强说："你究竟要找个什么样的？咱们作业区这么多女的你看不上也就罢了，那么别的作业区，别的厂，总有一款适合你，别老这么漂着。"

大家都说："安小阳，我们看着你这样，难受！"

男大当婚，但他相信一切东西都在冥冥之中注定，这是他的一场劫难。他好像高塬之上的苦行僧，挑着这副重担前行。

八

新一年的元旦,丁栋和李倩结束了爱情长跑。丁栋研究生毕业后,在西安一家传媒公司任职,现在已经坐到了部门文案组组长的位置。

来到结婚的酒店,丁栋站在门口迎客,穿着一身笔挺的西装,打着领带,看上去很绅士。

"终于把你盼来啦!啧啧,瞧你穿的,太扎眼了,会抢了我的风头的。"丁栋迎上来抱着安小阳的肩说。

"没办法,人长得好,穿什么都扎眼!"安小阳毫不客气地开玩笑。

"哎呀,安小阳你能来,我太高兴了!"新娘李倩穿着一身雪白的婚纱从大厅里面走出来。

"恭喜你们,你俩得到了我渴望的一切,事业和爱情。"安小阳感慨道。

"谢谢啦,你也会找到属于你的幸福!今天冯薇薇也过来了,你看见了吗?"李倩拉住安小阳小声说。

安小阳一愣,随即说:"哦,她已经跟我没有关系了!"

"呵,当然没关系,但还是同学嘛!"丁栋拍了拍安小阳的肩膀。

来到宴会厅,婚礼现场已经布置好了,熙熙攘攘的人群让安小阳感觉眩晕。婚礼进行曲奏起，李倩挽着丁栋的手臂出现在宾客们面前，满脸幸福的笑容。忽然在变换的灯光中，安小阳看到了一张熟悉的脸，冯薇薇正坐在中间的席位上看着他。想起那年他们四个人初次相识的场景，眨眼之间，时间已过了七年。现在李倩和丁栋的爱情终于修成了正果，而他和冯薇薇却天各一边。

当年的大学同学难得聚在一起。毕业几年，他们的身份和地位已经开始显现出巨大差异。老张喝多了酒，抱着安小阳和丁栋追忆当年，举着杯子高吟："何日功成名遂了，还乡，醉笑陪公三万场。不用诉离觞，痛饮从来别有肠！"

安小阳发现冯薇薇站在他身后。冯薇薇剪短了头发，化着淡淡的妆，浑身上下散发着熟悉又陌生的味道。

"你过得好吗？"冯薇薇问。

"好与不好又有什么关系！"安小阳吸了口烟说。

"你还在恨我？"

"呵呵，恨？恨就是长在心里的毒药，我没必要为说放弃的人在心里种下毒药！"

"我要结婚了，我想亲口告诉你，我只希望你过得好！"

"祝您幸福。我一个人会过得很好！"安小阳忽然感觉心被刀划了一下，在最痛苦时，他曾经恨过冯薇薇，不过他始终还抱有幻想。婚礼上人声鼎沸，而他忽然感觉如此孤单。

"你会找到一个好女孩！"冯薇薇深情地抱住安小阳。

安小阳在抱紧冯薇薇前，把抬起的双手从她背后放了下来，长长地叹了一口气："保——重！"

　　看着冯薇薇转身，安小阳忽然理解了相忘于江湖的含义，也许荡气回肠的爱情消失时，最好的结束就是相忘于江湖，在心中为眼前的人默默祝福。

　　安小阳不免有些压抑，趁着上厕所的间隙，坐在大厅沙发上，点了一根烟闷闷地抽着。忽然一阵电话铃声把他惊醒了："安小阳吗？你妈在职工医院！"

　　"怎么了？"

　　"脑出血，我们正在抢救！"

　　电话那边挂断了，安小阳愣愣地望着眼前的一幅油画，瞬间失忆了几秒钟，然后一把抓起包朝着酒店门外跑去。

　　安小阳给在家休假的陈璇打电话，恳求她先到医院看下母亲的情况。他连夜赶往西安，一路上他心弦绷得紧紧的。赶到医院门口已是凌晨四点多，他跳下车跑进医院。

　　陈璇正靠在急救室高压氧舱门口的墙上，眼睛红红的，眼角挂着泪滴。

　　"怎么样，我妈怎么样？"安小阳趴在抢救室的门口问陈璇。

　　"正在抢救……"陈璇缓缓地说。

　　"医生到底怎么说？"安小阳急切地问。

　　"突发脑出血，你们家里没有人，要不是邻居发现得及时，人就……"

"突发脑出血？"安小阳还是不敢相信自己的耳朵，一向身体健康的母亲怎么会得脑出血？

时间在一秒一秒地过去，抢救室的门紧闭着，没有一个医务人员出来。天渐渐亮了，安小阳的表情凝重得可怕，陈璇的心也被悬得越来越高，似乎已经到了崩溃的临界点。安小阳搂住陈璇的肩，身体软绵绵的，嘴唇干裂，眼睛里满是泪水。

"我怕，我妈……"安小阳的声音没有一点力气，充满了恐惧。

早晨七点多，父亲从苏里格赶到了医院。安小阳发现他印象里一向精神矍铄的父亲一夜间苍老了好几岁。

"别担心，一切会平安的！"父亲过来摸着安小阳的头说。

"为什么我妈会突然晕倒？"安小阳喃喃说道。

"你妈妈去年年底就出现看东西模糊、视力下降、头晕目眩的症状，你一直情绪不好，就没有给你说过。"父亲说。

安小阳陷入了深深的自责中，从接到电话的那一刻起，他心里满是愧疚。这一段时间以来，他一直深陷在儿女情长中不能自拔，对父母的关心少之又少。

又过了两个多小时。抢救室的门突然开了，一个医生走出来。安小阳像黑夜中的行者看到黎明的曙光一样，猛地抓住医生的胳膊问:"大夫,我妈怎么样了?"

"呼吸逐渐恢复正常,但是还没有苏醒过来……"

"那就是说没有生命危险了?"安小阳未等医生说完便又焦急地问道。

"生命危险应该没有了,但病人的意识能不能恢复过来,现在还不能确定,还得在重症监护室观察治疗两三天才能知道。"

"她,她会留下后遗症吗?你们一定要全力抢救啊……"安小阳父亲急切地恳求着。

"你放心,我们肯定全力以赴。"医生说完,匆匆地走了。

安小阳一下瘫坐在地,陈璇赶忙把他扶起来,搀着他坐到不远处的椅子上。

三天后,安小阳陪着母亲从重症病房转到普通病房。度过了危险期,但她还需要在医院养两个月。

安小阳提着煲好的鸡汤来到病房,进门后发现陈璇正在母亲的床边削苹果。

"你啥时来的?"安小阳问。

"我今天有空,过来探望阿姨。"陈璇把削好的苹果递给病床上的母亲。

"唉,总是麻烦闺女,心里很过意不去。"安小阳母亲一脸歉意。

"麻烦什么呢?举手之劳的事情,阿姨你要好好养病!"

陈璇说。

"是啊，你快点好起来，大家就都放心了。"安小阳说。

"你把身体养得棒棒的，我还等着看你的散文呢。"陈璇说。

"身体养好就行了，哪还有精力写那东西。"安小阳说。

陈璇朝安小阳噘着嘴笑了一下，看得吃苹果的母亲满眼笑意。

从病房出来，安小阳把陈璇送到路边，拦了一辆出租车。

"我回家了，你快点上去吧，好好照顾你母亲，我很喜欢她写的散文！"

目送着陈璇钻进车的那一刹那，安小阳心里的某个角落忽然一下子敞亮起来。

草长莺飞的五月，母校的樱花林成了市民春游的好去处，安小阳约上陈璇来到学校，来到他曾经的宿舍楼下。静静地站在这座宿舍楼门前，抬起头就能看到原来那间宿舍的窗户。伴着沙沙的雨声，似乎还听到了宿舍里传出的喊叫声，是在侃女生，还是在打游戏，再仔细听，四周静静的，只有雨滴敲在青砖上的声音。

"你还记得在这里生活的那四年吗？"陈璇问。

"感觉那场景历历在目。日子过得真快，时间都去哪儿了？"安小阳似乎是自言自语。

"是啊，门前老树长新芽，院里枯木又开花，时间都去哪儿了啊？"陈璇也感慨。

"其实，我妈从病房里平安走出的那一刻，很多事我就想明白了。"安小阳说。

"小阳，我从第一次见你就喜欢上了你。不过，今天听到一点也不晚！"陈璇的话简单而又深邃，"让我抱抱你，以喜欢你的名义，好吗？"

"好——啊。"安小阳抱着陈璇颤抖的身体，忽然感到有水珠一滴一滴地落到他的脖颈上，热热的带着体温。

"我带你在校园里转转好吗？"安小阳提议说。

"好啊！"

他俩并排踱步而行，仿佛又回到了大学青涩而浪漫的纯白时光。只是身边的人变得不一样了。走在两排樱花树簇拥的林间小路上，安小阳的手不自觉地扣在了陈璇的手上，紧紧相握的指间，弥漫着春天爱情绽放的味道……

九

高塬——这个安小阳曾经发誓要逃离的地方，十年后却成了他的精神原乡。"年深外境犹吾境，日久他乡即故乡。"那些调走的和坚守的同事，失去联系好几年的高塬石油人，通过微信又联系在了一起，安小阳组建的微信群，集思广益选取了一个诗意的名字，叫"黄土高塬"。高塬早已超越了地名的含义，成了烙在这里生活过的人们身上的印记。

刚来时不明白这地方的方言，人家问安小阳能听懂不，就问："解哈不?"安小阳一头雾水，为啥说个话还问"解哈不"，后来才知道是问他听懂了没有。现在安小阳也能说一口陕北话。陕北话里，"土块"叫"土疙瘩"，"去年"叫"年时"，"现在"叫"而个"，"高粱秆"叫"棒棒"。

意外收到卓玛老师的信，这位可爱的老师说他们那年一起支教的六个大学生后来陆续都到过金塬，只有他没有回来过，他希望能再给安小阳演奏一次《月光下的凤尾竹》。

沿着十年前的路线来到金塬德扎小学，这次不再需要行色匆匆。车顺着草原间的大道穿行，远眺野花朵朵。野花间一座座帐篷，似白云，似星星散布在草原上。

天黑之前坐上了一辆面包车，一路上听着它稀里哗啦的声响，安小阳来到学校门口。学校还是当年的样子，丁香依旧散发着香气，一串一串的紫色小花蕊，绚丽地被娇嫩的绿叶衬托着，好像一直开放在金塬的岁月里。

来到一间亮着灯光的宿舍门口，安小阳喊："卓玛老师。"门吱呀一声开了，晚上门口光线不好，卓玛老师向前走了几步才看清楚来的人是安小阳，便上前和他紧紧地拥抱在一起。卓玛老师这几年里容貌变化不太大，只是背比以前驼了一些。

"孩子们都在大城市读大学了，我替他们敬你一杯！"卓玛老师敬上一杯青稞酒。

　　"谢谢！"安小阳接过烈酒一饮而尽。他和卓玛老师聊了好多工作生活的情况，他俩都喝多了，卓玛老师拿起葫芦丝，吹起了曲子。葫芦丝发出的悠扬婉转声中，安小阳恍惚看到当年一群人围坐在院子里的情景。

　　第二天起床，卓玛老师在水龙头上接了一盆洗脸水，安小阳惊讶地问什么时候在这里修了一条水渠。

　　卓玛老师笑了笑说："这水渠有个秘密！"

　　"秘密？第一次来这里时，我也幻想过修建一条水渠，减轻你每天背水的负担。"安小阳回忆起和冯薇薇提过这个建议，当时限于资金短缺，才把这个计划搁置。

　　卓玛老师说："傻孩子，这个水渠就是用你们捐的钱建的啊！"

　　"捐钱？我们？"安小阳望着卓玛。

　　"这么多年，一直有人来看望我和孩子们。"

　　"谁？"

　　"冯薇薇。"

　　安小阳愣在了宿舍门口。卓玛老师说这么多年冯薇薇每年都来学校，每次都会留下一万元，并说钱是以她和安小阳的名义捐助的，冯薇薇说这是她最大的心愿。

　　半个月前水渠修通后，冯薇薇也来拜访他，还讲述了她与安小阳分手的事，以及自己要结婚的打算。她说这里永远都是她心灵的故乡，并留下了两瓶昨天晚上他俩喝掉的青稞酒。

卓玛老师说："在这个世界上每个人都有自己的生活方式，很难说谁对谁错。"

卓玛老师带着安小阳来到那根饱经沧桑的旗杆下，安小阳在旗杆上寻找着自己的名字，忽然在他名字旁边看到熟悉的痕迹——出自冯薇薇之手的一张笑脸图案和竖着刻在旗杆上的一句话：世界以痛吻我。

安小阳的眼里一片潮湿。他曾经刻骨铭心爱过、恨过的人哪，竟然以如此的方式爱着他。

冯薇薇在他俩爱情的发源地，一直默默地浇灌着最纯真的爱，这一瞬间她的爱已经超越了爱情本身。安小阳在旗杆竖着的那句"世界以痛吻我"的旁边，刻出另一行字：我念绵长如斯。

他拿出许愿瓶，将冯薇薇送给他的红色心形石头，以及那封信装进去，埋在水渠下面。从开始的地方结束，这应该就是最好的归宿。如果石头可以发芽，这块石头也会生长开花，像校园里绽放的丁香，芳香四溢；像水渠里奔涌的清泉，沁人心脾。

后记：开采文学的"石油矿藏"

今天，再回望那些流淌在石油河里的青春岁月，文学占据了过往生活的重要比例，是文学的火把照亮了我成长的路标，成了我精神上的启明星。

十年前，我一脚踏入作家李季创作《王贵与李香香》的"三边"大地，就工作在石油生产最前沿，与抽油机、采气树和黄土地紧紧焊在一起。那时的我，时常坐着绿皮卡车在山里巡视高压线路。那天路过小镇街道旁的书摊，我一眼就瞄见了一本《小说选刊》。买完上车后，我一口气读完了王凯的小说《沙漠里的叶绿素》。小说中的故事发生在荒漠无人区，三个从军校毕业的大学生被分到空军基地，像沙粒一样散落到瀚海里奉献青春。读罢小说，我感到一阵阵眩晕和悸动。那不仅是晕车的迹象，也是因为我整个人被小说中散发的青年友谊、蓬勃血性与荷尔蒙的气息，充斥得满满当当。我感动之余感叹，这和身边的石油人多像啊，同在西部戈壁，默默无闻地奉献，但这荒凉的青春里也有喜怒哀乐，也有闪光的理想、美好的爱情。王凯写的生活，也是我自己的生活，我们石油人的生活。那天回到驻地后，我借来一台旧电脑，放到一张摇摇晃晃的桌子上，在网上不断地检索王凯的作品，网购了他的文集，读了他所有的作品，在很多段落下面画了波浪线，写着标注语。那些粗糙生动又准确细腻的文字，塑造了中士张建军，学员叶春风、白雪歌，参谋古玉等一系列形象丰满、情感丰盈的军人形象，给我的石油生活带来了无限希望，让我知道了山里的生活不只是荒芜，还有亮光。没想到十年之后，在中国文学盛典·鲁迅文学奖之夜，我看到作家王凯一身戎装站在领奖台上，像见到久别重逢的亲人般亲切，这是文学之光给我最温柔的投射。

我尝试着记录往日的生活，但那台不知哪个年月淘汰下来的电脑机箱经常发烫，会突然"轰"地启动风扇，像飞机引擎一样，把我从沉思中惊醒。那时下班后，同事们常常闷在宿舍，抽着烟通宵玩网游打发时光，混合着尼古丁的烟雾，常常渗进指甲缝里怎么洗也洗不掉。我站在他们身后观战，那些游戏画面真实刺激，只不过看不了几局就头晕目眩，像坐完欢乐谷的过山车一样。他们一群人打还不过瘾，带着我也参加到那个游戏对战中。那段时间，那款游戏在山里盛行。那天天亮时，我推开窗户，让一屋子的烟雾散到清凉的空气里。窗外的阳光正好穿透雾气，照亮了一天的新生活，也射到了我身上，让我又想起了小说里的那几名军人。

后来的很多个午夜，我经常一个人捧着书走神，穿越那些曾经的欢乐场景，全身心进入到小说的迷宫世界中。我以文学为战场，在文字的排兵布阵中，让情感流淌出来。那些零零散散的作品，关乎我的眼泪和欢笑，是苦累生活的安乐所。我阅读书籍，在阅读中获得营养，让这些养料成长为坚硬的骨骼。我写乌云，也写乌云的金边，让读者窥见这个时代石油青年的亮光。

那时，我才知道山里有文学信仰的人，不同于职业作家，他们把切身体会到的苦，写在廉价的香烟盒上，写在井场的土崖上，甚至写在开满杏花的山坡上。我自然也被他们纳入"文学信徒"之列。石油被称为黑色的金子，油矿是我工作的地方，也成了小说创作的坐标和矿藏。这本书里收录的小说《黑金》，讲述的是一个发生在铁角城的反盗油故事。主人公陈海峰在小我与大我的矛盾与撕扯中，最终选择了舍小家为大家，用信仰铸就了石油人的底色。这篇命运多舛的作品，从写成第一稿到终稿刊发，改了许多次。《北京文学》的师力斌执行主编从破题方式到语言运用给出了诸多建议，此后又反复商讨打磨，才有了作品刊发时的样貌。后来，我又写了最早成型的散文《白鸽》，由一个人的石油青春折射出众多石油人的奉献精神，升华出"身在看井的路上，心却一直在翱翔"的主题。地93-91井组是油田海拔最高点的井场，坚守在油矿最高处，奉献在高原最厚处，便是与月光为邻的人。我在一个天高云淡的夜晚，感慨于此情此景，撰写

225

了《月光为邻》。"一条路、一口井、一颗心,他把自己融入石油的大海,以低处的人生历练向高处的诗意人生靠近。"这些作品的开花结果,让我有力气以笔为镐,深挖石油的"文学富矿"。

也是在那时,我隐约意识到,长期身处基层一线,诸多的灵感,因为种种顾虑被生活的洪流裹挟,过早地夭折在思想的襁褓中,只有走出去,跳出石油看石油,才能触发沉潜的生活记忆,透析生活的真相。

陕北的冬季,"大雪满弓刀"。我在一个大雪天里,从小镇邮递员手中接过那份搁置了好多天、上面落满尘土的邮件。撕开袋子抽出录取通知书,我反反复复看了很多遍,第一次觉得仅有五十五个字的公文,如此金贵。"鲁迅文学院"几个红色大字,像扣动扳机的撞针,撞击着我的心脏,把我直挺挺地击倒在雪地上。我紧紧抱着那份通知书,看着大雪纷纷扬扬地飘进我的眼窝里,忽然想起那天早晨开窗时,穿透云雾照进山间的阳光,如初恋般美好。那束光照亮了我,指引我向阳而生。当我拉着行李箱,翻山越岭来到北京,走过鲁迅文学院长长的走廊,站在拳头大的玉兰花下时,我听见心里有个声音清晰地说:"我不再是过客,而是归人。"鲁迅文学院的水塘,轻轻撩动垂在水面上的柳枝,泛起一阵一阵的鱼腥味。鸟鸣串串像摇曳的风铃,细细绵长。凝望身边桑树两棵、梅花一地,抬头看见喜鹊在树枝上跳舞,枝丫在空中作画，树枝将天空切割。喜鹊让花园的梅花开得富有诗意，让梅花的幽香有了浮动的灵气。我安静地融入这幅《喜上眉梢图》中，就是这幅画的一部分。记忆是水面上沉睡的冰，春来水暖就会苏醒。我在寻找向内的力量，寻找自己心中的白月光。那样的午后要不是那朵梅花落在我的笔记本上，我还会沉醉其中。是那朵还留着香气的梅花，惊醒了我的梦。

鲁迅文学院的文学课内涵丰富，解决了我在创作上最迫切的问题，提供了看待当代文学的最新视角。学习过程中，梳理每天的学习笔记，我发现每次授课，看似不相关的文学主题背后，有着千丝万缕的联系，这些课程都是通往文学的道路。这里不仅有文学的滋养，还有国情时政课、大文化课、社会实践，帮助我们拓展认知的维度。那年的社会实践我们去了延安，在梁家河、路遥故居、文安驿及鲁艺、枣园、杨家岭等革命旧址接受红色革命传统教育。途经延安大学，我想起葬在文汇山的路遥先生，便买了白酒和同学前往先生墓地。时至傍晚，我们将"路遥之墓"的基石擦拭干净，拿出白酒缓缓洒在基石前。晚风徐徐，山下延河东流缓缓，河对面的山峦连绵起伏，丝丝白酒香浓绵甜。有人说路遥是当代文学路上追日的夸父，在我眼里，他就是一本大书，是一面镜子，是精神的标杆。

鲁院的学习，让我走出了小我的文学格局，深度开掘深挖富矿，像陈忠实先生脍炙人口的那句话："寻找属于自己的句子。"有很长一段时间，我见人就问，写工业文学编辑会不会看不懂，读者会不会不爱看，直到有人说："你可以写得更躁一些！"躁，是陕西话，就是更潮一些，更时髦一些，我才放开了手脚，决定深挖石油工业题材文学富矿，就像油矿打井一样。写多了才觉得，小说中的人物仿佛在对我说："写吧，写更多的人性，写那些命运的折痕。"

小说《高山下的花环》生发的初衷，就是某年夏天的凌晨一点半，我们坐在大西北烧烤摊的塑料椅上，听到的一句话。那天的酒肯定是喝通透了，我昏昏欲睡，听到同事说："都说咱是螺丝钉，在山里采油，和蚂蚁更像嘛！"这个关于蚂蚁的细节，让我关住的四片眼皮一下子睁开了。我抬头望了一眼夜空，感觉星空唰地亮了许多。啤酒瓶叮叮当当摔倒的声音、烧烤炉上滋滋烤肉的声音、流浪狗觅食打架的声音，一瞬间传进我耳朵里，还有一颗小说的种子像受精卵一样着床，发出"咚"的一声回响。那个深邃如矿井的往事，掉进时间溶洞里的人物，一点点抽丝剥茧之后，能看见那些命运的折痕。

生长在石油行业的优势，是不必打起背包刻意地去体验生活，不用到别处去寻找故事，我就置身于生动的故事中间，身边的素材随便抓一把，仔细闻闻还散发着汗味儿、油味儿。身边凡是上了年纪或者有几年工龄的师傅，都有一肚子故事，坐在烧烤摊上、坐在皮卡车上、坐在野营房床板上，光怪陆离的故事都会混合着烟味，迎面飘来。他们续着一根根烟，讲一个个类似《一千零一夜》的故事，熏得我泪眼婆娑。

石油行业是艰苦的行业，也是能产生文学的行业。在石油工业艰苦创业时期，一批作家西出阳关，走进玉门、柴达木，写出了《石油大哥》《柴达木手记》等经典作品，呈现了石油人战天斗地、艰苦创业的精神。后来的石油作家继承优良传统，身在石油写石油，在中国文坛上标注了"石油文学"的记号。

我阅读了近三十年的"铁人文学奖"获奖作品，试图找到自己所处河流的坐标。石油是我们的姓氏，是我们的表情。石油会浸染我们，这是无法逃脱的现实，这决定了我们的起跑点和写作姿态。从建立"石油作者"身份到弱化这个标签，从起跳到变道，是对文学母题答案的不断寻找。我想饱蘸浓墨写石油人淳厚、质朴、刚强、柔软的内心，写出来更多有文学价值和辨识度的作品。

最后，感谢单位领导的鼎力支持，感谢贾平凹先生的推荐鼓励，感谢路小路先生拨冗为小著作序，感谢徐可先生的持续关注。感谢春风文艺出版社，感谢我的家人，还有给予我帮助的师友同事，在此一并谢忱！

是为后记。